全国中考语文
热点作家
作品精选

乘着梦想的翅膀

蒋光宇 著

中学生必读励志类经典美文
中考作文素材类优秀作品

作者曾多次命中中考作文及阅读理解原题

哈爾濱工業大學出版社
HARBIN INSTITUTE OF TECHNOLOGY PRESS

图书在版编目(CIP)数据

乘着梦想的翅膀 / 蒋光宇著. —哈尔滨:哈尔滨工业大学出版社, 2017.1

(全国中考语文热点作家作品精选)

ISBN 978-7-5603-6266-3

Ⅰ. ①乘…　Ⅱ. ①蒋…　Ⅲ. ①散文集-中国-当代

Ⅳ. ①I267

中国版本图书馆 CIP 数据核字(2016)第 260129 号

策划编辑　张凤涛
责任编辑　郭　然
装帧设计　恒润设计
出版发行　哈尔滨工业大学出版社
社　　址　哈尔滨市南岗区复华四道街 10 号　邮编 150006
传　　真　0451-86414749
网　　址　http://hitpress.hit.edu.cn
印　　刷　哈尔滨市石桥印务有限公司
开　　本　787mm×1092mm　1/16　印张 13　字数 200 千字
版　　次　2017 年 1 月第 1 版　2017 年 1 月第 1 次印刷
书　　号　ISBN 978-7-5603-6266-3
定　　价　25.00 元

目 录

第一辑　厄运打不垮信念

第二辑　千万别吝啬赞美

第三辑　人格是命运的保护神

第一辑　厄运打不垮信念

真正的强者，不会因幸运而趾高气扬、故步自封，也不会因厄运而垂头丧气、一蹶不振。真正的强者，能在幸运中看到阴影，也能在厄运中发现光明。世界上的很多奇迹，都是真正的强者在厄运中建树的。

“我要用中文”

丁观海是丁肇中的父亲,1934年毕业于当时的山东大学中文系,后到美国密歇根大学学习土木工程。王隽英是丁肇中的母亲,当年也在美国留学。他们身在海外,心系祖国,一心想把丁肇中生在中国,但是因为早产这个意外,丁肇中成了地地道道的美国公民。

在20世纪70年代之前,物理学界一直认为物质的最小结构是由3种夸克组成,但是丁肇中却不相信只有3种。他通过长期艰苦的探索,终于找到了组成物质的第4种最小结构。因为中文的“丁”与英文的“J”很相像,所以丁肇中便把这个新发现的粒子命名为“J粒子”。

1976年10月18日,丁肇中因此获得了诺贝尔物理学奖,当时他只有40岁。

美国总统福特在发给丁肇中的贺电中说:“基本知识的重大进展,能够导致科学上的更进一步的突破,进而造福人类。”

科学没有国界,科学家有祖国。丁肇中是一位科学家,更是一位热爱祖国的人。在这非常激动和幸福的时刻,他做出了一个极其庄重而神圣的决定,通知瑞典皇家科学院:“我要用中文在颁奖典礼上发言。”

瑞典皇家科学院做出了积极、友好的表示:“欢迎。”

同时,瑞典皇家科学院又不无担心地问:“谁做翻译?”

丁肇中答:“我自己做翻译。”

“获得了诺贝尔物理学奖的美国公民丁肇中,决定用中文在颁奖典礼上致辞。”这一消息见报之后引起了强烈反响,深深感动了不同国家、不同肤色和使用不同语言的人们,他们发自内心地感叹:“丁肇中是要将荣誉献给自己的祖国。”

可是,美国驻瑞典大使找到丁肇中,非常不满地说:“我们美国和中国的关系非常不好,你用中文是不对的。”

丁肇中十分珍惜美中两国人民的友谊,也期盼美中两国关系的不断改善,但对这位既不友好又不识时务的大使的指责，却毫不留情地顶了回去："你管不着这个，我愿意用什么语言就用什么语言！"

就这样，这位美国驻瑞典大使碰了一鼻子灰。他大概永远也不会理解：丁肇中这个出生在美国的公民，为什么会有一颗永远不变的中国心？

有人说，祖国是父亲的土地，语言是母亲的舌头。也有人说，语言是历史的档案。在那次颁奖典礼上，丁肇中在致词时又创下了一个世界纪录：他使这个金色大厅里回荡起有史以来从未使用过的一种语言——中文。

后来，中央电视台的一位节目主持人问道："那您当时选择中文的目的是什么？"

丁肇中答："就是因为在颁奖典礼上从来没有出现过中文。中文是世界上最重要的语言之一。"

主持人问："但是您在用中文做演讲的时候，应该说绝大多数的人和现场的人都是听不懂的。"

丁肇中答："那与我没关系。因为它是全球广播。"

主持人为了进一步验证和确认自己崇敬的判断，又问："您希望更多的中国人，或者说中文的人能够听得懂？"

丁肇中只答了一个字："对。"

……

"我要用中文"，这使人感到，爱国主义是千百年来巩固起来的对自己祖国最深厚的感情。

"我要用中文"，这使人感到，履行热爱祖国的天职是一种最纯洁、最温柔、最敏锐、最强烈、最高尚和最值得敬重的行为。

点评

此文曾入选过中考试题。

爱国是一个民族发展和振兴的灵魂。爱国不是空话，随时都可以从身边事做起。时刻力争使祖国变得更强大、更美好、更有尊严的人，就是最爱国的人。

不死的理想

1955 年 4 月 13 日，在家里工作的爱因斯坦感到右腹阵阵剧痛，同时还出现了别的不祥之兆。医生们迅速赶到，会诊结果是主动脉瘤，并建议他立刻动手术。

爱因斯坦婉言谢绝了。在 1945 年和 1948 年，他接连做了两次手术之后，已经发现主动脉上有一个瘤。他有预感，这个致命的定时炸弹即将爆炸了，自己也应该走了。

第二天，心脏外科专家格兰医生从纽约赶来。尽管他知道爱因斯坦很虚弱，开刀会有危险，但还是建议开刀，因为这是唯一的抢救方法，别无选择。

爱因斯坦苍老的脸上浮现出疲倦的微笑，摇摇头说："不用了。"

格兰医生又一次警告他："那个主动脉瘤随时都可能破裂。"

爱因斯坦镇静地说："那就让它破裂吧！"

4 月 16 日，爱因斯坦病情恶化，住进了普林斯顿一家小小的医院。一到医院，他就让人把他的老花镜、钢笔、一封没写完的信和一篇没有做完的计算题送过来。他在病床上欠了欠身子，戴上老花镜，从床头柜上艰难地抓起了笔。还没开始工作，他就倒了下去。宽大的、布满皱纹的额头上冒出一片汗珠，那支用了几十年的钢笔从手里滑落到地上，他实在是没有一点力气了。

4 月 17 日，星期五，爱因斯坦的感觉似乎稍微好一些。儿子汉斯坐飞机从加利福尼亚赶来看父亲；女儿玛戈尔因病与父亲住在同一个医院，坐着轮椅也来看父亲；还有许多朋友、同事都来看望他。他平静地对儿女、朋友和同事说："这里的事情，我已经做完了。""没什么，别难过，人总有一天要死的。"

1955 年 4 月 18 日 1 时 25 分，爱因斯坦因腹腔主动脉溢血而与世长辞。

巨星陨落了！电讯传遍地球每一个角落："当代最伟大的物理学家爱因斯坦逝世，终年 76 岁。"

全球为之悲痛，到处都是悼词和颂词：“世界失去了最伟大的科学家。”“人类失去了最伟大的儿子。”“爱因斯坦开创了物理学的新纪元。”“爱因斯坦改变了人类对世界和宇宙的认识。”

唁电和唁函从世界的各个角落飞往普林斯顿，有的来自国家元首和政府首脑，有的来自著名的科学家，有的来自学术团体，有的来自普通的男男女女。人们怀念他，因为他改变了人类对宇宙的认识，开拓出科学造福于人类的无限广阔的前景。人们怀念他，因为他为人类的和平与进步，进行了不屈不挠的斗争。

各种媒体重新刊登了法国物理学家朗之万在 1931 年对爱因斯坦做出的评价：“在我们这一时代的物理学史中，爱因斯坦将位于最前列。他现在是，将来也仍然是人类宇宙中有头等光辉的一颗巨星。很难说，他究竟是同牛顿一样伟大，还是比牛顿更伟大。不过，可以肯定地说，他的伟大是可以同牛顿相比拟的。按照我的见解，他也许比牛顿更伟大，因为他对于科学的贡献，更加深刻地进入了人类思想基本概念的结构中。”

爱因斯坦在遗嘱中说：“我死后，除护送遗体去火葬场的少数几位最亲近的朋友之外，一概不要打扰。不要墓地，不立碑，不举行宗教仪式，也不举行任何官方仪式。骨灰撒在空中，和宇宙、人类融为一体。切切不可把我居住的梅塞街 112 号变成人们‘朝圣’的纪念馆。我在高等研究院里的办公室，要让给别人使用。除了我的科学理想和社会理想不死之外，我的一切都将随我一起死去。”

那么究竟什么是爱因斯坦不死的理想呢？

爱因斯坦在《我的世界观》一文中做出了这样的明确阐述：“每个人都有一定的理想，这种理想决定着他的努力和判断的方向。在这个意义上，我从来不把安逸和享乐看作是生活目的本身——这种伦理基础，我叫它猪栏的理想。照亮我的道路，并且不断地给我新的勇气去愉快地正视生活的理想，是善、美和真。”

点评

此文曾入选过中考试题。

爱因斯坦说得多好啊！贪图安逸和享乐，只是猪栏的理想，而对善、美和真的不懈追求，才是不死的理想。

厄运打不垮信念

明朝末年,史学家谈迁经过20多年呕心沥血的写作,终于完成了明朝编年史——《国榷》。

面对这部可以流传千古的巨著,谈迁心中的喜悦可想而知。然而,他没有高兴多久,就发生了一件意想不到的事情。

一天夜里,小偷进他家偷东西,见到家徒四壁,无物可偷,以为锁在竹箱里的《国榷》原稿是值钱的财物,就把整个竹箱偷走了。从此,这些珍贵的稿子就下落不明。

20多年的心血转眼之间化为乌有,这样的事情对任何人来说,都是致命的打击。对年过60、两鬓已开始花白的谈迁来说,更是一个无情的重创。可是谈迁很快从痛苦中崛起,下定决心再次从头撰写这部史书。

谈迁继续奋斗了10年,又一部新的《国榷》诞生了。新写的《国榷》共104卷,500万字,内容比原先的那部还要翔实和精彩。谈迁也因此留名青史、永垂不朽。

英国史学家卡莱尔也遭遇了类似谈迁的厄运。

卡莱尔经过多年的艰辛耕耘,终于完成了《法国大革命史》的全部文稿。他将这本巨著的底稿全部托付给自己最信赖的朋友米尔,请米尔提出宝贵的意见,以求文稿的进一步完善。

隔了几天,米尔脸色苍白、上气不接下气地跑来,万般无奈地向卡莱尔说出一个悲惨的消息:“《法国大革命史》的底稿,除了少数几张散页外,已经全被他家里的女佣当作废纸,丢进火炉里烧为灰烬了。”

卡莱尔在突如其来的打击面前异常沮丧。当初他每写完一章,便随手把原来的笔记、草稿撕得粉碎。他呕心沥血撰写的这部《法国大革命史》,竟没有留下任何可以挽回的记录。

但是，卡莱尔还是重新振作起来。他平静地说：“这一切就像我把笔记簿拿给小学老师批改时，老师对我说：‘不行！孩子，你一定要写得更好些！’”

他又买了一大叠稿纸，从头开始了又一次呕心沥血的写作。我们现在读到的《法国大革命史》，便是卡莱尔第二次写作的成果。

点评

此文曾入选过中考试题。

其实，在漫长的旅途中，实在是难以完全避免崎岖和坎坷。但是，只要出现了一个结局，不管这结局是胜还是败，是幸运还是厄运，客观上都是一个崭新的从头再来。只要厄运打不垮信念，希望之光就会驱散绝望之云。

珍惜母爱

1897 年,孙中山侨居日本时,与日本著名的政治家犬养毅相识。

有一天,犬养毅微笑着对孙中山说:“我真敬佩您的机智。不过,我想问问您,孙先生,您最喜欢什么?”

“革命! 把清政府推翻。”

“您喜欢革命,这是谁都知道的。但除此之外,您最喜欢什么?”

孙中山停了片刻,用英语答道:“Woman。”(女人)

犬养毅拍手叫道:“很好,再其次呢?”

“Book。”(书籍)

犬养毅忍不住哈哈大笑。他叹道:“这是很老实的话。我以为您会最喜欢书,结果您却把女人排在书的前面。这是很有意思的。您这样忍耐着对女人的爱而拼命看书,实在了不起。”

“不是这样! 我想,千百年来,女人总是男人的附属物或玩物,充其量做个贤内助。然而我认为,她和母亲应该是同义词。当妈妈把她身上最有营养的乳汁喂给孩子的时候,当妻子把她真诚的爱献给丈夫的时候,她们的牺牲是那样的无私和高尚,这难道不值得爱吗? 可惜,我们好些人都不珍惜这种爱,践踏这种爱。”

孙中山先生把女人与母亲紧密地联系在一起,把喜欢女人理解为珍惜母爱,这使犬养毅深感意外和敬佩。

母爱是一种伟大的美德,是人类最美丽、最高尚的感情。因为,母爱最少有自私自利和功名利禄之心掺杂其间。

点评

此文曾入选过中考试题。

一个人,如果连自己的母亲都不爱,怎么能爱自己的国家?怎么能爱自己的人民?

一个人,如果他让自己的母亲伤心,不管他的地位多么高贵,不管他的名声多么显赫,就仍是一个渺小的人。

一个人,最基本的道德就是珍惜母爱。

失望与希望

有两支火把，奉火神之命到世界各地区考察。在这两支火把中，一支是没有充分燃烧的，冒着黑烟；另一支是充分燃烧的，发出很亮的光芒。

过了一段时间，两支火把考察结束，回到火神那里报告考察情况。

那支没有充分燃烧的火把说："整个世界都陷在浓郁的黑暗中。"它认为，眼前世界的情况很糟糕，乌烟瘴气，甚至已经坏到了极点，失去了希望。

另一支充分燃烧的火把报告的情况却恰恰相反。它说："无论走到哪里，都可以找到光明。"它认为，眼前的世界充满了希望。

听完了这两种截然不同的报告，那个派它们出去考察的火神便对那支没有充分燃烧的火把说："也许应该好好地问一问自己，有多少黑暗是我们自己造成的？"

天上的神话，往往是地上现实的反映。地上的现实与天上的神话，又常常有惊人的相似之处。

在一个小镇上，有位老人把他的两个儿子叫到身旁，并对他们说："你们俩年纪也不小了，该到外面闯闯啦！"

这两个儿子就遵从父命，前往繁华的大都市。

不过，大儿子数天之后便回来了。

"怎么回事？你为什么这么快就回来了？"老人有些吃惊地问。

大儿子回答说："爹爹，您不知道，那儿的物价实在是贵得太可怕啦！就连喝个水都得花钱买呢！如果以后长期在那里生活，怎么能吃得消呢？！"

没过多久，二儿子给爹爹写了封信："这里可真是遍地黄金！连我们喝的水都可以卖钱哩！我这阵子不打算回家啦！"

又过了几年，二儿子的事业在大都市得到了发展。他拥有了大部分的矿泉水及蒸馏水市场，成为富甲一方的富翁。

失望像垃圾，希望像宝贝。

垃圾和宝贝是彼此互相变化的。垃圾放对了地方，就会变废为宝；宝贝放错了地方，也会变宝为废。

失望和希望也是互相变化的。用乐观的眼光看失望，失望就会变成希望；用悲观的眼光看希望，希望也会变成失望。

点评

此文被选入国务院侨务办公室和中国海外交流协会委托暨南大学华文学院，为海外华裔青少年编写的《中文》（初中版）教材第三册。

生命不息，希望常在。有生命就有希望。

每天都有灿烂的日出，每天都有闪耀的希望。

自尊的灵魂令人仰视

他叫谢成重,家在福建省德化县的贫穷农村,父母都是以种田为生的农民,日子过得紧紧巴巴。他出生不久,不幸患上了小儿麻痹症。两岁时,他的腿骨第一次骨折,后来又相继八次骨折,双腿不仅残了,而且极度萎缩,落下了终身残疾。

残疾的谢成重,成了妈妈心中永远的痛。看着别人的孩子活蹦乱跳地满地跑,自己的儿子就连下床都很困难,她经常偷偷地流泪。"生个儿子不会走路,只会爬……"村里个别人的这些话,更是刺伤了她的心。她为儿子的前途担心,无数次自言自语:"孩子,你今后日子还长,要是妈妈能替你瘫了,那就好了……"

谢成重从小就很要强,双手穿着拖鞋,手脚并用,爬着走路。他每个月要换两双拖鞋,时间一长,双手的手掌都长出了茧。他以顽强的毅力不仅爬进了小学,爬进了中学,而且爬进了大学……

上中学的时候,学校离家有二十多里山路,谢成重只能住校。妈妈每个周五的下午把他从学校背回家,周日下午再背回去。山路弯弯,崎岖不平,又矮又瘦的妈妈背着他,常常问他:"有没有人欺负你?如果你受了委屈要跟妈妈说,别压在心里。"可他从来都是微笑着安慰妈妈,请妈妈放心。

2006 年 8 月,谢成重考进了福州的一所大专。在车站告别时,他对妈妈说:"我在大学会更努力,更争气,将来一定要让妈妈过上好日子。"

在大学的独立生活,对谢成重来说有许多困难,就连每次打饭,都是对他的一次考验。他身高仅仅 1.2 米,双手摁在地上,磁卡举不到刷卡机的高度。他必须紧紧地抓住一旁的铁栏杆,才能"站立"刷卡和递饭盆。然后,他还要一手端着饭盆,一手着地,慢慢爬走……许多同学主动要帮助谢成重打饭,可他却坚定地说:"我想站起来!将来我要靠自己的努力站起来!"

求学期间,谢成重一边刻苦学习,一边勤工俭学。

他摆摊卖过鞋，到一家公司兼职卖过日用品，还开过网店，在网上卖小挂件。他没有电脑，就去网吧。第一次，他虽然只赚到了5元钱，但却品尝到了收获的喜悦。他对自己说："要沿着自尊、自强、自立的路走下去，就算爬也要爬出一条路。"

他从学校到打工的地方，要坐一个多小时的公交车。车上人挤的时候，他就"爬"到座椅边，一只手抓紧"手套拖鞋"，一只手抓紧座椅腿，任凭许多人在他身边擦过，从来没有任何抱怨。

后来，他求人改造了一双短拐，长约0.9米。他架上双拐慢慢地练习行走，练习爬楼梯。他又累又痛，额头上全是汗，但那有些弯曲的手臂却一天比一天粗壮有力。功夫不负有心人，他逐渐改掉了爬行的习惯，步履蹒跚地站了起来，而且越站越稳，越走越自如。现在，他已经可以借助双拐随心所欲地行动了。

每当外出打工之前，谢成重总是打上领带，擦亮皮鞋，尽力给别人展示一个良好的形象。临出门，他常对着镜子照一照，笑一笑，鼓励自己："镜子里的这个人是世界上最棒的一个。"

有的朋友问谢成重："你的脸上为什么总是洋溢着阳光般的微笑？"

他说："一张百元大钞，无论是被揉搓成一团，还是被扔进垃圾堆，它仍然有价值。一个人，无论是遭遇挫折、逆境，还是肢体残疾，也依然有自身的价值。既然每个人都有自身存在的价值，为什么不微笑呢？"

能受天磨真铁汉。2008年，谢成重23岁。在福州，他光荣地走上了寒门学子励志报告会的讲台，面对上千名听众，他说：

"所有的事物都有两面性，要想成功，就要多看积极的一面。如果我总抱怨命运如何如何不公，就永远走不出大山，就永远只能在别人怜悯的目光中生活。"

"与其抱怨命运中的黑暗，不如仰望头顶的阳光。假如丧失了意志，我永远只能在地上爬行。假如丢掉了尊严，我只能在街头以跪乞为生。"

"正因为身体有残障，所以我更加渴望成功的人生。我激励自己，只有比其他年轻人付出更多的努力，付出多十倍、甚至多百倍的努力，自己才有可能改变命运。不要说是为了我们伟大的时代和可爱的祖国，就是为了我那亲爱而可怜的妈妈，我也必须努力、努力、更努力，成功、成功、更成功。我多一分坚强，就能为妈妈多争回一分尊严……”

“我心存梦想,也爱听下面这个梦想的故事。曾经有一个驼背的孩子,背上隆起一个大包,别人都嘲笑他,可是他觉得自己是一个天使。他说,隆起的背上藏着一双翅膀,自己会飞得比许多人都高。梦想有多远,就能走多远。我也要像这个孩子一样,乘着梦想的翅膀继续飞翔。”

点评

此文曾入选过中考试题。

高大的灵魂,可以令矮小的身躯让人刮目相看。成千上万的大学生被谢成重的事迹所感动,所折服,称他为“1.2 米的小巨人”。

做一个平静的人

平静是平和安静的心态，是不受外界的干扰的心态，是得之不喜、失之不忧、宠辱不惊、去留无意的心态。这就如建筑学家、文学家林徽因所说："真正的平静，不是避开车马喧嚣，而是在心中修篱种菊。"

平静的心态有利于我们认识自己。即使是一杯干净的水，如果不停地摇晃，也不会清澈；即使是一杯浑浊的水，如果静静地沉淀，也会变得清澈。我们的心也是如此。如果我们的心总是不能安静，就会处在一种浑浊的状态，很难有自知之明。

平静的心态有利于我们认识外界。如果池水是静止的，就能看见清晰的月亮倒影；如果池水是动荡的，月亮的倒影就变得破碎、离散，失去了原样。我们的心也是这样。如果我们的心动摇了，就看不清真实的世界了。

平静的心态有利于成长和成功。河深波静，溪浅声高。满瓶水不响，半瓶水摇晃。能力越强的人，做人越低调，做事越沉稳。古往今来，都把渊深沉静、忠厚持重视为第一等的素质，而把率真坦荡、豪迈雄健和聪明智慧、能言善辩视为二、三等的素质。对于年轻人来说，首先要静下心来跑龙套。学会了、学精了跑龙套，才有机会演主角。其实，大腕的前身几乎都是龙套。

平静的心态有利于幸福和快乐。新东方教育科技集团董事长兼总裁俞敏洪说："生命的过程如黄河水，其中只有四分之一是泥沙，四分之三是幸福和快乐。摇晃一下，生命中充满浑浊，但把心静下来以后，泥沙沉淀下来，才能发现你生命中的四分之三是幸福和快乐。"著名主持人白岩松也说："不平静，就不会幸福，也因此，当下的时代，平静才是真正的奢侈品。"幸福，实质是自己生活满足时的内心平静。

平静的心态有利于养生和健康。古语说："缓字可以免悔，退字可以远祸，舍字可以养福，静字可以益寿。"百岁老人陈立夫说："养身在动，养心在静。"著名演员罗家英在谈到自己与癌症抗争的经验时说："身心平静，对一切事物，不计较，不动怒，不悲伤，不嗔，不痴，不怨，想懒洋洋时就懒洋洋，找朋友聊天，想些开心的事……分散注意力，不要老是想到病情。"

平静的心态有利于过好平淡的日子。中国残联主席张海迪到哈尔滨慰问舍己救人的"最美女教师"张丽莉时说："丽莉，路还很长，希望你能够内心安静地生活。将来有那么一天，掌声没有了，闪光灯没有了，在家里和先生一起过平淡的日子。这样平淡的日子慢慢地走，这才叫生活。"

平静的心态是一种难能可贵的境界。著名翻译家、百岁老人杨绛说："我今天一百岁，已经走到了人生的边缘，我无法确知自己还能走多远，寿命是不由自主的，但我很清楚我快'回家'了，我得洗净这一百年沾染的污秽。我没有'登泰山而小天下'之感，只在自己的小天地里过平静的生活。"她与心爱的丈夫钱钟书一样，都是静静地来，静静地去，静静地耕耘，静静地收获，静静地超脱，静静地升华，从不张扬，从不喧哗，但却令世人敬重、仰视。

怎样才能做一个心态平静的人呢？

被誉为20世纪最伟大的心灵导师和成功学大师的戴尔·卡耐基曾深有感触地回答了这个问题："我活了50多岁，如果问我在生活中学到了什么的话，那么，我的回答就是：'除了你自己，没有任何人和任何事情可以给你带来平静。'"

点评

此文曾入选过中考试题。

不错，要做一个心态平静的人，关键是要用真、善、美覆盖自己的私心杂念。只有这样，才能不管风吹浪打，胜似闲庭信步。

爱长辈是一种幸福

1995 年 3 月 6 日,张妍十分信赖又非常神秘地对全国优秀班主任魏书生老师说:“老师,我有一件事想征求一下您的意见。”

张妍转到这个班才半个多月。魏老师通过观察,知道她是个心地善良、通情达理的孩子。于是,他关心地问:“什么事?”

“我的亲生母亲患病去世已经多年了。后妈对我很好,就像亲妈一样。您说,我该不该管她叫妈妈?”

“我觉得,人家对你真心诚意地好,这在人世间是很难得的。你想想许多后妈虐待孩子的例子,就会感到自己很幸运,就应该格外珍视这份感情,就应该叫妈妈。”

“可是,我不好意思。”

“你想想人家对你的好,想想她怎样对你尽一个母亲的责任,就可以鼓起勇气了。”

听了魏老师的话,张妍的心里有了主张,高高兴兴地走了。

魏老师教育学生是极其认真负责的,他一定要促成这件很有意义的美事。第二天,他问张妍:“怎么样?”

她不好意思地一笑:“我爸没在家!我自己不好意思。”

第三天,他又问:“怎么样?”

“昨天我们家来了很多客人,人一多,我就更不好意思了。老师,您再给我点勇气吧!”

魏老师幽默地说:“这样吧,如果今天回家再不叫妈妈,明天我就罚你写 1 000字的说明书,解剖一下自己过于腼腆的思想。怎么样?”

“那好吧,我一定叫。”

魏老师特别叮嘱说:“今天叫,更有意义,因为今天是‘三八’妇女节。我们一言为定,祝你们母女相处得越来越融洽,感情越来越深厚。”

魏老师看着她的背影想:我相信,今天张妍一定会真心地叫后妈一声“妈妈”。那时,她亲生母亲的在天之灵也会因此而感到欣慰。

第四天早晨到校的时候,魏老师看到了张妍一脸灿烂的笑容,从那表情里可以知道,她一定成功了,一定叫“妈妈”了。

他直截了当地问:“心情愉快吗?”

“好愉快!好轻松!我当时真不知道是怎么喊出来的,周围的亲属都很高兴,她感动得都哭了。”

魏老师赶紧纠正说:“你说的话有毛病,怎么能说‘她感动得都哭了’,该说‘妈妈感动得都哭了’。要记住:爱长辈是一种幸福。”

张妍不好意思地笑了。

当晚,魏老师将这件事的经过愉快地写在了自己的日记里,并为之起了个题目:爱长辈是一种幸福。他写完后看了看表,习惯地落下了时间:1995 年 3 月 9 日 11 点 30 分。

点评

从这件小事,不禁想到了魏书生老师的一句话:“不爱父母的人不会爱祖国。”

无敌天下的人

曼德拉是诺贝尔和平奖获得者，是个心中没有敌人的人。在大西洋一个名为罗本的荒凉小岛上，他曾被关了27年。他每天被强迫劳动，或在采石场干繁重的体力活，或在冰冷的海水里捞取海带……因为他是要犯，所以有3个白人狱警专门看守。他们对他不好，经常找各种理由虐待他。但是，1994年他当选为南非第一位黑人总统后，却真诚地邀请了这3位狱警作为嘉宾参加总统就职大典。在这一历史性的盛典上，年迈的曼德拉缓缓站起身来，恭敬地向这3个看守深深地鞠了一躬。这是为什么？他自豪地宣称："我没有敌人。""当我走出囚室迈向通往自由的监狱大门时，我已经清楚，自己若不能把痛苦与怨恨留在身后，那么其实我仍在狱中。""让黑人和白人成为兄弟，南非才能繁荣和发展。"在他辞去总统、告老还乡之后，每个生日都会收到来自世界各地的许多生日贺卡。其中的一张上写道："您教会了我们：将仇恨扔进大海，让宽容和种族和解永存人间。"南非总统祖马说得好："'曼德拉精神'的实质就是团结、友爱以及和解的精神。"

金大中是诺贝尔和平奖获得者，是个心中没有敌人的人。他是韩国民主政治的斗士，被誉为"亚洲的曼德拉"。他在30岁时，为了推进韩国政治民主化而步入了政坛。为了这一理想，他历经磨难。在韩国独裁者李承晚、朴正熙、全斗焕执政期间，他多次坐牢，甚至被判处死刑。他几度死里逃生，长期流亡国外，但从未放弃争取民主的斗争。他从政40年，闯过5次鬼门关，3次与总统的宝座失之交臂。1998年，他终于在73岁高龄时当选为韩国的第8任总统。在总统就职典礼上，他将昔日"迫害"过自己的独裁者都请到台上就座。因为，他主张宽恕所有的人，包括自己的敌人。因为，他不懈追求的是民主制度，而不是战胜与打倒"敌人"。"敬天爱人"，是他获诺贝尔和平奖时说的话，也是他一生的座右铭。

马丁·路德·金是诺贝尔和平奖获得者，是个心中没有敌人的人。他对迫害美国黑人的暴徒们说:“我们将以自己忍受苦难的能力,来较量你们制造苦难的能力。我们将用我们灵魂的力量,来抵御你们物质的暴力。我们不会对你们诉诸仇恨,但是我们也不会屈服于你们不公正的法律。你们可以继续干你们想对我们干的暴行,然而我们仍然爱你们……不久以后,我们忍受苦难的能力就会耗尽你们的仇恨。在我们获取自由的时候,我们将唤醒你们的良知,把你们赢过来。”

亚伯拉罕·林肯是美国的第16任总统,是个心中没有敌人的人。他当选总统之后,有人尖锐地批评他对待政敌的态度:“你为什么要试图让他们成为朋友呢?你应该想办法去打击他们,消灭他们才对。”他温和地说:“我难道不是在消灭政敌吗?当我使他们成了我的朋友时,政敌就不存在了。”“我们没有敌人,战争结束了,我们都是美国人。”在以他名字命名的纪念馆的墙壁上,至今还刻着这样的一段话:“对任何人不怀恶意;对一切人宽大仁爱;坚持正义,因为上帝使我们懂得正义;让我们继续努力去完成我们正在从事的事业,包扎我们国家的伤口。”

从上面几个故事可以看出,他们拥有一个显著的共同特点,那就是:用大爱战胜仇恨,将敌人变成朋友。这个共同特点,既是他们实践心中没有敌人信念的方法,也是他们弘扬心中没有敌人信念的精华。

从上面几个故事不禁使人想到了李连杰的一段话:武力可能是一个解决问题的方法,但一定不是唯一的方法。暴力能够征服别人的肉体,但永远征服不了别人的心灵。只有爱的力量,才可以征服整个人类的心灵。

点评

智者无忧,仁者无敌。大智者心中没有烦恼,大善者心中没有敌人。只有心中无敌,才能天下无敌。最接近天下无敌的人,就是拥有最多朋友的人。

抬高仇恨的枪口

博·杰克逊是美国著名的棒球和橄榄球运动员,被誉为“顶尖水平的传奇人物”。他成名之后,多次对朋友们讲过在高中时的一件往事。

那天放学后,杰克逊在回家的路上,看到一个膀大腰圆的高年级同学正在欺负一个低年级同学。正义感驱使他上前阻止,没想到,那家伙恼羞成怒,不仅不听劝告,反而破口大骂,将他暴打了一顿。他被打得头破血流,昏了过去。等他醒来的时候,施暴者早已扬长而去,无影无踪。他感到很憋屈,很愤怒,不禁放声大哭。随后他发誓,一定要报仇雪恨!

从那以后,杰克逊经常把家里的手枪带在身上,放学后悄悄地跟踪自己的仇人,寻找适当的时机,将其除掉。当然,他的内心斗争也相当激烈:如果不杀死这个混蛋,实在是难解心头之恨。可是,如果将其杀掉,自己就会被关进监狱,书也念不成了,父母将极其悲痛……尽管他很矛盾,但并没有在复仇的路上停止脚步。

那天放学后,良机终于出现了。那个仇人得意扬扬地唱着歌,毫无警觉地走在回家的路上,前后左右都没有同学,没有行人,也没有车辆。杰克逊迅速接近了仇人的身后,敏捷地举起了手枪,瞄准了仇人脑袋,一枪即可毙命。紧接着,响起了“砰!砰!砰!”三声清脆的枪声。就在扣动扳机的瞬间,他突然调高了过度仇恨的枪口,子弹从仇人的头上呼啸而过……

每当讲起这件往事,杰克逊总感到后怕,也感到庆幸。他说:“幸亏我调高了过度仇恨的枪口,不然后果不堪设想,也不可能有今天的好日子了。”

杰克逊曾不止一次地问过自己:“我为什么在那一瞬间放弃了仇杀?”他的回答是:“我不能用过度的仇恨惩罚自己!我不能让过度的仇恨毁了自己!在那一瞬间,正是这个念头鬼使神差地占了上风。”

点评

“不能让过度的仇恨毁了自己!”这句话值得记住,因为过度仇恨是理智的杀手,会让人失去正确的判断,会让人干出得不偿失、后悔莫及的蠢事。

“不能让过度的仇恨毁了自己!”这句话值得记住,因为过度仇恨是悲剧的种子,会长出更大的悲剧,会让人变得比所憎恨的人还要卑劣。

“不能让过度的仇恨毁了自己!”这句话值得记住,因为过度仇恨能将人送入地狱。人生既是在天堂,也是在地狱。当我们心中充满爱的时候,人生就是在天堂;当我们心存过度仇恨的时候,人生就是在地狱。

“不能让过度的仇恨毁了自己!”这句话值得记住,因为一个人在短短的时间里就可以学会仇恨,但是要学会爱周围的人,学会爱整个世界,却往往需要付出终生的努力。

钢琴上的黑白左右手

人类既是最大的互相残杀之源,也是最大的互相帮助之源。瓜无滚圆,人无十全。红花还得绿叶扶,天底下哪能有不需要帮助的人。

1983 年春天,玛格丽特·帕崔克走进“东南老人疗养中心”,开始了她的物理治疗的疗养生活。

米莉·麦格修是一位细心的中心员工,当她向玛格丽特介绍疗养中心基本情况的时候,注意到玛格丽特盯着钢琴看的那一霎时,流露出异常痛苦的神情。

“怎么了?”米莉关切地问。

“没什么,”玛格丽特柔声说,“只是看到钢琴,勾起了我的许多回忆……”

米莉一边默默聆听眼前这位黑人钢琴演奏家谈起她音乐生涯的辉煌过去,一边不禁为玛格丽特残废的右手深感惋惜。

“你在这里稍等一下,我马上就回来。”米莉突然有所醒悟地说。

过了一会儿,她回来了,身后紧跟着一位娇小、白发、带着厚重眼镜的白人妇女。

“这位是玛格丽特·帕崔克。”米莉帮她们互相介绍,“这位是露丝·艾因柏格,也曾是优秀的钢琴演奏家,但现在跟你一样,自从中风后,就没办法弹钢琴了。艾因柏格太太有健全的右手,而玛格丽特太太有健全的左手,我有种预感,只要你们默契合作,一定可以弹奏出极其优美的作品。”

“你熟悉肖邦降 D 调的华尔兹吗?”露丝客气地问。

玛格丽特点点头,说:“非常高兴能认识您,我们的确可以试一试。”

于是,两人并肩坐在钢琴前的长椅上。键盘出现两只健全的手:一只是黑色的手指,另一只是白色的手指。这黑白左右两只手,流畅、协调且很有节奏感地在键盘上跳动。

从那天起,她们经常一起坐在钢琴前——玛格丽特残废的右手搂住露丝背部，露丝残废的左手搁在玛格丽特膝上。露丝用健全的右手弹主旋律，玛格丽特用灵活的左手弹伴奏曲。

她们同坐在钢琴长椅前，共享的东西不只是音乐，除肖邦、贝多芬和施特劳斯的音乐外，她们发现彼此的共通点比想象的要多得多——两人在丈夫去世后都过着单身的生活，两人都是很好的祖母，两人都失去了儿子，两人都有颗奉献的心。但若失去了对方，她们独自演奏钢琴是根本不可能的。

露丝听见玛格丽特自言自语地说："我被剥夺了演奏钢琴的能力，但上帝给了我露丝。"

露丝诚恳地对玛格丽特说："这 5 年来，你也深深地影响、温暖了我，是上帝的奇迹将我们结合在一起。"

随着时间的推移，她们的演奏越来越完美，在电视上，在教堂里，在学校中，在老人之家，在康复中心，频频露面，倍受欢迎，甚至可以说是超过了辉煌的过去。因为她们不仅使听众、观众感受到音乐的快乐，更使听众、观众感受到爱的力量。

点评

当灾难降临的时候，一个人的力量往往是如此的渺小，一筹莫展，束手无策。学学玛格丽特和露丝吧，她们的故事让我们懂得了：爱能使我们相互扶持，爱能使我们创造奇迹！

爱的力量

巴鲁卡是英国考文垂市的一位房地产商。1979 年,他的妻子玛莎生了个男孩,取名霍金斯。

2000 年 3 月 6 日,21 岁的霍金斯在驾车去田野写生时不幸遭遇了车祸。临去世之前,心地善良、乐于助人的霍金斯已说不出话来,但在父亲递给自己的纸条上写下了这样的遗言:"爸爸妈妈,我爱你们! 请帮我捐献眼角膜,让我的眼睛能再次看到这个世界的阳光!"遵照儿子的遗愿,巴鲁卡和玛莎夫妇将霍金斯的眼角膜捐献给了一家器官移植机构。

2000 年 12 月 17 日深夜,一个蒙面歹徒闯进了考文垂市郊的一座加油站,不仅用匕首刺伤了两名工作人员,而且残忍地用枪重伤了一个巡逻至此的警察,同时还抢走了许多现金。警方破案有方,很快就将年仅 20 岁的凶手齐瓦特逮捕归案。

让人很难想到,善良人捐献的眼角膜竟然用到了罪犯的眼睛上。凶手齐瓦特于 2000 年 3 月做了眼角膜移植手术,而那眼角膜恰恰是霍金斯捐献的。

对此,霍金斯的父亲非常愤怒,立即给报社写信,强烈谴责那家器官移植机构。而器官移植机构的负责人则十分委屈地辩解说:"医院没有义务去调查接受器官移植患者的个人品德,只能是按着患者的登记先后顺序来决定谁来接受移植。"

蹲在临时羁押所里的齐瓦特,从看守递给他的报纸上得知,捐献眼角膜的霍金斯是一个非常优秀的青年。他被霍金斯的出众才华和热心帮助别人的种种事迹所感动。尽管他受到了良心的强烈谴责,但国法无情,2001 年 4 月 11 日,齐瓦特被判终身监禁。

有一天,巴鲁卡夫妇来到监狱探望齐瓦特。玛莎太太哽咽着说:"我们是来看儿子的! 因为,你的生命中有我儿子的一部分。如果你能够洗心革面,重新做人,我们可以原谅你。”巴鲁卡先生将霍金斯临死前写的那张纸条递给齐瓦特看。当齐瓦特读到“让我的眼睛能再次看到这个世界的阳光”时,他泪如泉涌,并立下誓言:“如果我死了,我愿意无偿捐献自己身上一切有用的器官,给那些需要它们的人,以此来偿还我欠下的血债。”但是,人们很难相信齐瓦特的誓言。

2001 年 8 月 5 日,警方用一辆警车将齐瓦特和几名重犯转移到另一所监狱,途中意外地发生了车祸。当齐瓦特爬出车厢时,看到 3 个重犯已控制了两名受重伤的警察,并用抢来的钥匙解开了手脚上的镣铐。齐瓦特知道,自己无力强行制止他们继续犯罪的行为。于是,他急中生智,假意附和他们,用钥匙解开镣铐,然后出其不意地将警察掉在地上的自动步枪抢到手中,突然用枪口逼迫准备逃跑的重犯放弃罪恶的企图。在与 3 个重犯的拼死搏斗中,他击毙了其中的 1 个,却被另外两个刺伤了腹部。由于巡警的意外出现,才制服了罪犯,将受重伤的警察和齐瓦特送进医院抢救。

事后,许多媒体记者都要采访齐瓦特,但都被医院和警方拒绝了,因为他还没有脱离危险。记者几乎都想知道这样一个问题:齐瓦特为何不顾生命安危而与 3 个重犯进行拼死的搏斗?

医院和警方决定将这个问题写在纸上,由护士转交齐瓦特。他看完之后,吃力地写下了下面的话:我在车祸现场见到了遍地的鲜血,不由自主地想到了将眼角膜捐献给我的霍金斯。我不能让霍金斯失望,不能让他看到的只是罪恶和黑暗。

巴鲁卡夫妇从新闻中得知了齐瓦特的情况后,急匆匆地赶到医院探望。但是他们没有想到,齐瓦特已经永远地离开了他们。警方向他们详细地介绍了齐瓦特牺牲前后的表现,并转交了齐瓦特留给他们的信。那信中写道:

我是一个孤儿,在这个世界上没有任何亲人。是爱的力量,是霍金斯的爱,是你们的爱,挽救了我这个罪犯的灵魂,改变了我这个罪犯的生命。我向你们提出一个请求:如果我死了,帮助我把自己身上的一切有用器官,无偿地献给那些需要它们的人……

点评

做人其实很简单，核心就是学会爱，就是学会用爱做人，为爱做事。一个人对亲人有多爱，决定其家庭有多幸福；一个人对社会有多爱，决定其人生有多可敬。

哥本哈根的警笛声

凌晨一点，当丹麦首都哥本哈根市沉浸在一片沉睡中的时候，消防报警中心的电话突然响起了一阵急促的报警声。

值夜班的见习消防队员迅速拿起电话筒，沉着地说："喂，您好！这里是哥本哈根市消防报警中心，请问您需要哪些帮助？"

见习消防队员听到电话的另一端传来了衰弱的声音："您好，报警中心，我年岁太大了，不小心在自己家摔了一跤。"

见习消防队员听出电话的另一端是一位年迈的老妇人，马上又问："请问您身边有别人吗？比如儿女或者保姆等？"不知为什么，电话的另一端没有马上回应。

见习消防队员又追问了一遍，过了片刻，才听到老妇人的回答："我一直是一个人生活，过去从来没有出现过类似的情况，也许今后真应该考虑请一位保姆了。"

听着老人虚弱的声音，消防队员有些着急，迅速问道："请问您摔得是否严重？您能说一下哪里受伤了吗？"

老妇人回答道："我现在……感觉头……很晕……"

听到老妇人的声音越来越微弱，而且是断断续续的，消防队员感到事情越来越不妙了，急忙对着话筒问道："请问您居住的是哪个街区？房间是多少号？"

老妇人回答说："我全忘记了。"

消防队员马上联系电信局，希望能够通过电话来找到老人的地址，可是由于人员不齐，根本没办法找到。无计可施的消防队员，立刻叫醒了刚刚睡着的中尉。中尉马上拿起了电话，问道："夫人，您还在流血吗？疼不疼？"

"不疼，只是身子瘫痪了，两条腿动不了……脸上全是血……"

"您既然看得见，请告诉我，房间地面铺的是地砖还是地板？"

“是老式的镶木地板，要打蜡的。”

“天花板高吗？”

“高，很高。”

“这么说您是住在老式的房子里。百叶窗关了吗？”

“没关。”

中尉兴奋地对身后的见习消防队员说：“注意寻找一幢老式房子，窗口有灯光，大约二三层。”

等到中尉继续对电话询问时，电话的另一端却出奇的寂静，就像老妇人突然消失了一样。中尉判断，对方可能是晕过去了，但并没有挂断电话。他对着话筒一遍又一遍地询问，可是电话那一端始终没有一丝回应。中尉一边继续与老妇人联络，一边摁响警铃，通知所有的值班消防员准备执行任务。

当时所有在场的人都希望能听到老妇人说话的声音，可是一刻钟过去了，电话的另一端始终毫无声息。

看来，老妇人一定是晕过去了。如果不及时解救，那么已经摔伤的老妇人就很可能会出现危险。所有人都做好了出发的准备，可是最棘手的问题是，谁也不知道这位老妇人家住何处。

大家绞尽脑汁地想，如何才能找到老妇人。看着窗外的消防车，见习消防队员突然想出了一个办法。当他把自己的想法向中尉报告后，中尉兴奋地表示，立即按照他的想法展开救助，用警笛锁定目标。

在寂静的凌晨，哥本哈根市的各个街区突然都出现了消防车的警笛声。人们都被这刺耳的警笛声惊醒了，纷纷打开灯，看看究竟发生了什么事情。一直拿着电话听筒的中尉忽然兴奋地喊道：“我在电话中听到了消防车的声音！我听到了消防车的声音！肯定有一辆消防车就在老妇人住地的附近。”

接着，指挥中心传出了一个指令：“一号消防车停止鸣笛。”

中尉示意继续，指挥中心又传出了一个指令：“二号消防车停止鸣笛。”

一直等到十二号消防车停止鸣笛之后，中尉马上做了一个胜利的手势，因为电话另一端的阵阵警笛消失了。于是，指挥中心通知十二号消防车：“晕倒的老妇人就在你们附近。请用扩音器向你们周围的居民说明事情经过，请他们都把自己家的灯关掉，剩下的那个没关灯的房间肯定就是老妇人的家。”

接着，灯火通明的街区很快暗了下来，只有十二号消防车旁边的一幢楼里还有一盏灯亮着……

72 岁的老妇人迅速被送到了医院。因为抢救及时，老妇人已经从昏迷中清醒过来，摔伤也得到了救治。

那天清晨，哥本哈根市的消防报警中心不断接到市民们问候老妇人病情的电话。其中不少人还说，凌晨响彻哥本哈根市的警笛，是充满爱心的警笛，是充满智慧的警笛，是最动听的警笛。

点评

只要有爱，就什么奇迹都会发生；只要不放弃，就什么都有可能。

爱的微笑

在澳大利亚的悉尼港附近，有一座陡立的临海悬崖。人们给它起了一个形象的名字——“裂缝”。悬崖边的护栏高度仅约1米，到这里欣赏秀美风光的人都可以轻而易举地翻过。

让人意想不到的是，自19世纪以来，不少人选择在这里结束了自己的生命。当地官员说，这里几乎每周发生一起跳崖自杀事件，平均每年大约有50起，多是因为人们难以忍受的身体和精神上的痛苦。因此，风景秀丽的“裂缝”有了一个令人恐怖的名字——“自杀崖”。

现年84岁的唐·里奇曾是一名人寿保险推销员，一直住在“自杀崖”附近的一座二层小楼里。50年来，他一直自觉自愿地在这里守望，坚持不懈地劝阻那些企图自杀的人。

每天早晨起床后，唐·里奇所做的第一件事，就是透过二层卧室的玻璃窗观察“自杀崖”。如果发现有人站在距离悬崖非常近的地方，他就立刻警觉地冲出去。他说：“我不能坐在那里袖手旁观，而应该竭尽全力地救他们，就这么简单。”

年轻时，为了把企图自杀的人拽回来，唐·里奇凭着身强力壮，时常不顾危险，翻过护栏，拼力救下即将跳下悬崖的人。随后，他把他们带回自己家中，喝点茶，压压惊。在他营救的同时，他的妻子莫娅则以最快的速度报警求援，以避免发生意外。

有一次因为救人，唐·里奇差点搭上自己的性命。当地的一位摄影师数十年前抓拍到一张这样的照片：他为了阻拦一名妇女跳崖，只身挡在她和深渊之间，距离悬崖边缘仅有几厘米。看了这张照片的人都说：“太惊险了！如果这名妇女真的跳下，那唐·里奇就一定与她同归于尽了！”

年纪大了，体力和灵敏度自然都不比当年了。于是，唐·里奇改变了营救方式。他开始与企图自杀的人保持“安全距离”,摸索简洁有效的营救方式。

一些获救的自杀者回忆,他们站在悬崖边上,失魂落魄,正在犹豫是否跳下去的时候,突然听到一个柔和的声音传来,压过海浪和海风声:“你为什么不过来喝杯茶呢?”他们转过头来,看到一张笑脸。正是这张陌生人的笑脸,让他们萌生出活下去的希望。

唐·里奇说:“我从不试图给对方提供忠告、建议或窥探什么,只是给他们一个温暖的微笑,问对方是否愿意聊聊,邀请他们到家里喝杯茶。”

媒体的许多记者都认为,尽管自杀者的动机不尽相同,但唐·里奇简单友好的营救办法确实有惊人的效果。

唐·里奇“简单友好的营救办法”为什么会如此神奇管用呢?

澳大利亚新南威尔士大学的心理学教授戈登·帕克解释说:“像唐·里奇那样倾听心声,能使许多企图自杀的人忘掉眼前的痛苦。”他还以一名自杀者留下的纸条为例来证明自己的这种看法:“2000 年,一位名为凯文·海因斯的男子跳下了美国旧金山的金门大桥,时年 19 岁。他自杀前整整彷徨了 40 分钟,盼望能遇到唐·里奇那样的人。他在绝笔书中写道:‘如果有人在我去大桥的路上朝我微笑,我就不跳。’一般来说,有自杀企图的人都顾虑重重,甚至并不想死,而是想让痛苦消失。如果能送上关心或希望,任何人都有能力拯救许多生命。”

毋庸讳言,唐·里奇也有过失败。比如 2005 年的一天,尽管他想方设法,千方百计,但一位名叫特蕾西的女子最终还是跳下了悬崖。特蕾西的母亲戴安娜·加丁说,她相信女儿跳崖前,里奇一直陪在身边。女儿在生命最后的时刻,一定能体会到里奇带去的温暖。这会让女儿在临终前感到宽慰。

2010 年 1 月,伍拉勒地区议会做了两件事:一件是申请上百万政府拨款,加高了“自杀崖”的护栏,增设了安全监控装置。另一件是把“2010 年度公民奖”授予了唐·里奇夫妇。因为 50 年来,唐·里奇在妻子的帮助和支持下,至少已经把 160 人的宝贵生命从死亡线上救了回来。

现在,唐·里奇已经是澳大利亚家喻户晓的知名人士,被誉为“自杀崖”的“守护天使”。他常对媒体和人们说:“爱的微笑,具有起死回生的神奇力量。”

点评

因为爱劳动,所以有了财富;因为爱进取,所以有了成功;因为爱实验,所以有了发明;因为爱自然,所以有了环保;因为爱生命,所以有了医学;因为爱生活,所以有了艺术;因为爱人类,所以有了和平;因为爱善良,所以有了高尚;因为爱祖国,所以有了英雄;因为爱实践,所以有了理论……

哪里有了爱,哪里就会有美好的一切。

战胜死神的母爱

丈夫大卫·奥格和妻子凯特·奥格，是澳大利亚的一对年轻夫妻。他们相亲相爱，令人羡慕。凯特到医院检查之后，兴奋地告诉大卫一个喜讯：她不仅怀孕了，而且是一对龙凤胎。为迎接这两个小宝宝的出生，他们精心做好了各种准备，就连孩子的名字都提前起好了：女孩子叫艾米丽，男孩子叫詹米。

2010 年 3 月，凯特在怀孕 27 周的时候，预感到将有不妙的情况发生，细心的大卫及时将她送到了悉尼的一家妇产医院。医生检查后告诉并安慰他们："是早产。不要紧张，我们会竭尽全力的。一般来说，母子都不会有什么危险。"

在医院的产房，女孩艾米丽很顺利地出生了，但男孩詹米的体重只有907 克，出生后停止了呼吸，医生立即对其进行了紧急抢救。

大卫和凯特一边心急如焚地等待，一边默默地为詹米祈祷着平安。抢救 20 分钟之后，医生抱来了已经包裹起来的詹米，非常遗憾和惋惜地说："对不起，我们想尽了办法，也没能救活他。"

面对医生的无情宣判，大卫和凯特都陷入了极度痛苦的深渊。凯特打开了包着詹米的毯子，看到儿子面无血色，毫无生气，小小的胳膊和腿就像要从身上掉下来似的。她伤心欲绝地抱着儿子失声痛哭，但她敏锐地感到儿子的身体还没有凉透，还有一点体温。她下意识地判断：儿子没有死。很显然，她无论如何也不愿相信儿子已经彻底死了。

随后，凯特脱掉了睡衣，把詹米抱在怀里，并且让儿子的头枕在自己的手臂上。尽管儿子一动也不动，但是她依然温柔地抚摸着儿子，不停地对儿子说话。她说累了，大卫就替她说一会儿。他们告诉儿子："你的名字叫詹米。你还有个姐姐叫艾米丽。"他们还告诉儿子："你一定要挺过来，我们这辈子还有很多事情想和你一起做呢……"他们对着儿子深情地说啊，说啊，时间一分钟一分钟地过去，儿子的体温在母亲的怀里慢慢地上升。这样的搂抱、抚摸和倾诉持续了两个小时以后,凯特突然觉得儿子像受到惊吓一样动了一下,然后似乎开始越来越频繁地吸气了。凯特和大卫赶紧请护士转告医生:“孩子有活过来的迹象了!”

医生听后,十分同情又肯定地对护士说:“我不用去了,孩子不可能再活过来,那只不过是他们夫妻俩的幻觉或错觉而已。你快回去,多安慰安慰他们吧。”

又过了一会儿,詹米居然奇迹般地睁开了眼睛,还转了转头。凯特感到异乎寻常的惊讶和兴奋,将信将疑地自言自语:“天哪,这是怎么回事啊?”

凯特对大卫说:“如果孩子真能活过来,那我们就成了世界上最幸运的父母。”然后,她在手指上沾了一点母乳喂给詹米,小家伙竟然喝下去了。再后来,小家伙伸出小手抓住了母亲的手指,开始有规律地呼吸了。

护士立刻将这奇迹告诉了医生,医生马上来到凯特的床前,用听诊器听了听孩子的心跳,一边摇头一边说:“难以置信! 难以置信!! 太难以置信了!!! 我只能说,这是母爱战胜了死神!”

2010 年 8 月 25 日,大卫和凯特带着已经 5 个月的十分健康与活泼的儿子詹米,应邀参加了澳大利亚电视台的访谈节目《今日今夜》。凯特讲述了用自己的温暖怀抱,将已经“死亡”的儿子救活的故事。

大卫在访谈节目中说:“我有凯特这样坚强、聪明的妻子,真是太幸运了。她所做的一切,都是出于一个母亲的本能。如果她没有那样做,孩子早就已经不在了。”

有位医学专家解释说:“凯特是用‘母婴肌肤相亲法’,也就是澳大利亚人所称的‘袋鼠育儿法’,救活了自己的早产儿子。所谓‘袋鼠育儿法’,是发展中国家的母亲们发现并发展起来的。其做法是,将未发育完全、体重特别轻的早产儿放在暖箱中喂养,但是每天至少把婴儿放在母亲的胸前几个小时,让母婴相亲。这个方法能有效帮助早产婴儿成活和健康成长,比任何传统的暖箱都更适合那些尚未发育完全的婴儿。不过,‘袋鼠育儿法’要求母亲富有经验,体力支出也很大。在一开始,医院一般都会让护士陪同母亲几小时,教给她们怎样抱和怎样喂养这些特别脆弱的婴儿。然而,凯特却完全是‘无师自通’,这只能说明母爱的本能实在是太了不起了,了不起到具有起死回生、战胜死神的力量!”

有一位观众感动地说:“凯特绝不放弃的母爱,将绝望变成了希望,将绝路变成了出路,将绝境变成了佳境。”

点评

在整个世界上,只有母爱,才是最无私、最深厚、最美丽的爱;只有母爱,才是最能让死神屈服的力量。

母亲的眼光

1953 年的一天,斯大林在豪华的克里姆林宫里见到了垂垂已老的母亲。

在此以前的数十年间,她从来没有离开过格鲁吉亚乡村,一直在一间小木房里纺她的线。

母亲老了,在她昏花的眼睛里,对儿子领导下的苏联几乎是一无所知。

于是,便有了下面的对话。

斯大林问:"小时候您为什么打我那么凶?"

母亲答:"所以你才会这么有出息。"

母亲大笑。

母亲问:"约瑟夫,你现在究竟当了什么官?"

斯大林答:"您还记得沙皇吗? 我现在差不多就是沙皇了。"

母亲又是大笑,然后说:"其实我想让你当个神父。"

真是难能可贵,在一个纯朴的母亲眼里,一个神父与一个国家的最高领导者没有什么两样,同样都有出息。

当年哈里·杜鲁门首次参加竞选并一举成功,成了美国总统。杜鲁门当选为美国总统的消息,很快传遍各地,也传到了他的家乡。乡亲们兴奋地向他的母亲祝贺:"太好了! 您真应该为有这样的孩子而自豪!"他的母亲微笑而平和地说:"我还有一个同样值得自豪的孩子。"乡亲们惊奇地问:"那个同样值得自豪的孩子在哪儿? 做什么工作?"他的母亲依然微笑而平和地答道:"该收土豆了。那个一贯全力以赴的孩子正在地里起土豆呢!"

真是难能可贵,在一个纯朴的母亲眼里,一个正在地里起土豆的孩子与一个当选为美国总统的孩子没有什么两样,同样都值得自豪。

点评

辉煌的人,通常是光芒四射;平凡的人,通常是没有光芒。

人们常常很自然地被辉煌的人所吸引,与此同时,也常常把平凡的人遗忘。

真是难能可贵,在许许多多纯朴母亲的眼里,一个长大成人的孩子是不是有出息,是不是值得自豪,并不仅仅取决于这个人是不是辉煌,更取决于这个人是不是努力和高尚。

这种纯朴母亲眼里的出息观和自豪观,有助于使辉煌人的光芒不刺眼,有助于使平凡人的高尚被发现,有助于使更多的人用全力以赴来架起由平凡此岸通往辉煌彼岸的桥梁。

巴斯德说得对:“人生最重要的,不在于地位有多高,而在于善用自己的才能,用到最高的限度。”

传递贝多芬之吻

在布达佩斯有个刚刚 16 岁的孩子,大器早成,显露出演奏钢琴的非凡才能。令人遗憾的是,因为孩子与其音乐老师发生了矛盾而遭到冷落,陷入了毫无用武之地的困境之中。

那时,正逢李斯特的最后一个在世学生、著名钢琴家冯·索尔先生来到布达佩斯。纯属偶然的相遇,冯·索尔先生要求这个孩子为他演奏一曲钢琴曲。

孩子竭尽全力,演奏了贝多芬的钢琴奏鸣曲《悲怆》和舒曼的《蝴蝶》。

当孩子结束演奏之后,冯·索尔先生站起身走近孩子,并在孩子的前额上深情地吻了吻。他激动而庄重地说:"我的孩子,当我像你这么大的时候就成了李斯特先生的学生。在我上完第一课之后,李斯特先生吻了吻我的前额,然后说:'好好记住这个吻,这是贝多芬先生听完我的演奏之后给我的',为了把这份神圣的遗产传给后人,我已等了许多年,现在我认为你应该得到它。"

后来,这个孩子在回顾自己之所以能成为一名著名的钢琴演奏家时,一往情深地说:"在我的一生中,没有比冯·索尔先生对我的赞扬更有意义的事了。贝多芬之吻奇迹般地使我从困境中解脱出来,并帮助我成为今天的钢琴演奏家。"

大师贝多芬将赞美和鼓励之吻送给了李斯特先生,李斯特先生将贝多芬的赞美和鼓励之吻传给了冯·索尔先生,冯·索尔先生又将贝多芬的赞美和鼓励之吻传给了这个深感失意的孩子……这是在传递贝多芬的赞美和鼓励之吻。

传递贝多芬赞美和鼓励之吻的实质,就是传递爱心,就是传递成功,就是营造我为人人、人人为我、互助互惠的良性循环。

点评

每个人的成功都离不开别人的爱心帮助。

每个人也都可以用爱心帮助别人去争取成功。

每个人都应当既是得到爱心帮助的受惠者，同时又是付出爱心帮助的给予者。

母爱的种子没发芽

前不久，在北京市怀柔区进行了一次关于亲子教育的试验。试验是这样进行的：

在正式开始之前，主持人让所有的孩子和妈妈都戴上眼罩。然后，让所有的孩子在黑暗中通过触摸每个妈妈的手来找出自己的妈妈。结果，有5个孩子没有找到自己的妈妈。当她们把眼罩摘掉后，这些妈妈和孩子都哭了。

后来，经过深入了解得知，就是那些找到自己妈妈的孩子，几乎都是妈妈首先感觉到是自己孩子的手，然后通过暗示帮助他们做到的。严格地说，没有一个孩子能通过触摸找到自己的妈妈。

试验并没有到此为止，而是继续进行。主持人让孩子和妈妈又都戴上了眼罩，然后，让所有的妈妈在黑暗中通过触摸每个孩子的手来找出自己的孩子。结果，所有的妈妈都认出了自己的孩子。

大家不禁要问：为什么孩子不能都顺利地找到自己的妈妈，而妈妈却都能顺利地找到自己的孩子呢？

亲子教育的试验结果公布后，媒体就这个问题展开了讨论，不少人踊跃参与，畅所欲言，各抒己见。

亲子训练营的首席导师孙女士指出："这个试验暴露出家庭教育爱的失衡，孩子只知道接受爱，不知道感觉爱，也不会付出爱，从而患上了无法感受爱的精神残疾，这样的家庭教育是有缺陷的。"

一位参与试验的白领母亲承认："尽管母爱是人世间最神圣的感情，是既纯洁又美丽的感情，是不求索取和报答的爱，但非常遗憾，我们这些人的母爱，就像播种在孩子心田上没有发芽的种子。"

一位农民母亲说："母爱的种子不怕埋没，但怕腐烂。长期被埋没的种子，不仅不能发芽，而且最后势必腐烂。"

一位下了岗的工人母亲十分悲痛地说："孩子小还情有可原，要是大了之后还不懂得爱和尽孝，那就太可怕了。邻居家的一位父亲为了给上大学的孩子交学费，每年都卖血。可孩子却不好好学习，挥霍父亲卖血的钱去交女朋友、谈恋爱。"

点评

一位教育专家说："谁不会爱，谁就不能理解生活。母亲是孩子未来命运的创造者，要让孩子长大以后爱祖国、爱人民、爱人类，就必须让孩子从爱母亲开始，就必须让母爱的种子早日发芽、成长、开花、结果。"

请她到白宫工作

美国经济学家葛尔布莱，雇用了一位称心如意的女管家。她不仅做事精明干练，为人也相当忠实可靠。

那年秋季，葛尔布莱由于连续乘飞机到一些国家讲学，感到有些疲惫不堪。回到家里之后，他想睡一个好觉，好好调整一下。于是，他特意吩咐这位女管家，无论是谁来电话，都不要打搅他。

事也凑巧，就在葛尔布莱刚刚入睡的时候，急促的电话铃声响了起来。女管家拿起电话，轻声地问："您是哪一位？"

电话里传来了总统的声音："我是约翰逊，请帮我找一下葛尔布莱先生。"

女管家和气、委婉地说："总统先生，葛尔布莱先生刚刚从国外讲学回来，很疲劳，才入睡。请总统先生原谅，我暂时还不能叫醒他。"

听到这样的回答，约翰逊显得更加着急，加重了语气强调说："我有要紧的经济政策问题要同他商量，请您把他叫醒吧。"

女管家依然没有听从总统的调遣，进一步耐心地解释说："不，尊敬的总统先生，他身体有些不适，方才曾特意嘱咐过，不接任何人的电话。我现在只能是替他工作，为他负责，而不是替您工作，为您负责。请您放心，待他睡醒之后，我一定将您打来重要电话的事情及时地转告他。何况只有在他休息好之后，才能精力充沛地同您讨论经济政策问题。您说对吗？尊敬的总统先生。"

女管家说得有理有据，滴水不漏；约翰逊心服口服，无可奈何，也就只好放下了电话。

葛尔布莱睡醒之后，知道了总统来电话一事，便抓紧时间见到了日理万机的约翰逊总统，特意表示了深深的歉意。

没想到约翰逊总统毫无怪罪之意，反而深有感触地对女管家大加赞赏，并提出了一个令其意想不到的建议："请转告您的女管家，如果她愿意，那就请她到白宫来工作。”

葛尔布莱用经济学家的眼光风趣地评论说:“我不仅又一次感受到了女管家的忠于职守,而且又一次感受到了总统先生的知人善任。忠于职守一旦与知人善任相结合,就会出现相得益彰的良性循环。”

点评

忠诚是人品中的上品,是人品中最闪亮的明珠,几乎能让所有的人心生敬意。

礼貌的力量

元朝有个文人叫胡石塘，很有才华，在当地颇有名气，但不拘小节。后来，他胸有成竹地到京城应聘，元世祖忽必烈亲自召见了他。

上朝时，胡石塘的斗笠戴歪了，但自己却一点也没有察觉。元世祖问他："你平常所学的是哪些学问？"

"全是治国平天下的道理。"胡石塘自豪地回答。

皇帝笑他说："你连自己的斗笠都戴不好，还谈什么要治国平天下呢？"

结果，忽必烈没有任用他。

失礼不仅会使才华贬值，而且也会使金钱贬值。

一家小剧院的老板，以非常低的价格买到了大仲马写的一个非常好的剧本。另一家大剧院的老板很不服气，因为他曾出两倍的高价，但大仲马却没有卖给他。

于是，这位大老板憋着一肚子的怨气到大仲马的住处拜访。一见面，他连帽子也没脱下，就气势汹汹地质问大仲马：为什么以那么低的价格把剧本卖给了那个小老板，而自己出了两倍的价钱竟空手而归？

大仲马笑了笑说："其实你的那位同行一点力气都没费。"

"那是为什么？"

"因为他说与我交往是他的荣幸，并且每次见面他都礼貌地脱下帽子。"

点评

礼貌，有时比才华、金钱更有力量，更能解决问题。

第二辑　千万别吝啬赞美

中国有句很有道理的老话:“远敬衣裳近敬人。”用通俗的话来说,一个人要长久地赢得别人的尊重,主要靠的不是穿着打扮,而是靠修养与人格。

在这个世界上,无论是谁,如果坚持不懈地用伟大的爱去做小事,小事就会变得伟大,人格就会变得高尚。

用理解来表达需要

杰克和约翰是多年的好同事、好朋友，都有看报的习惯。

一次，他们两个人一同去曼哈顿出差。第二天早上，当他们在旅店点完饭菜之后，约翰说："我出去买份报纸，一会儿就回来。"

过了5分钟，约翰空着手回来了，嘴里嘟嘟囔囔、含糊不清地发泄着怨气。

"怎么啦?"杰克莫名其妙地问。

约翰答道："我走到马路对面的那个报亭，拿了一份报纸，递给那家伙一张10美元的票子，让他给我找钱。他不但不找钱，反而从我腋下抽走了报纸。我正在纳闷，他倒没好气地开始教训我了，说他的生意正忙，绝不能在这个高峰时间给人换零钱。看来，他是把我当成借买报纸之机破零钱的人了。"

两个人一边吃饭，一边议论这一插曲。约翰认为，这里的小贩傲慢无理，不近人情，素质太差，很可能都是些"品质恶劣的家伙"，并劝杰克少同他们打交道。但杰克心里却并不同意约翰的看法。

他们用完饭后，杰克请约翰在旅店门口等一会儿，自己则向马路对面的那个报亭走去。

杰克面带微笑、十分温和地对报亭主人说："先生，对不起，您能不能帮个忙?我是外地人，很想买一份《纽约时报》看看。可是我手头没有零钱，只好用这张10美元的票子。在您正忙的时候，真是给您添麻烦了。"

卖报人一边忙着，一边毫不犹豫地把一份报纸递给杰克，说："嗨，拿去吧，方便的时候再给我零钱!"

当约翰看到杰克高兴地拿着"胜利品"凯旋的时候，疑惑不解地问："杰克，你说你也没有零钱，那个家伙怎么把报纸卖给你了?"

杰克真诚地说："你我之间是无话不说的最好朋友。我的体会是：如果先理解别人，那么自己就容易被别人理解。如果总想让别人先理解自己，那么自己就容易觉得别人不可理解。”

点评

如果用理解来表达需要，那么自己的需要就容易得到满足。

行善如春园之草

有一件关于星云大师的小事。

在中国台湾的佛光山佛学院，有个很漂亮、很文静的女孩子，叫黄秀美。虽然她在读佛学院，但心里却难免有一些红尘的梦想。那一天，有人随口问她："秀美啊！想不想出家？"她认真地回答："我还没穿过玻璃丝袜呢！"她们的对话，恰巧被路过的星云大师听到了。说者无意，听者有心。后来，星云大师借到美国讲学之机，托人买了几双玻璃丝袜。当海关人员检查他皮箱的时候，露出了不解的异样眼神，仿佛是在问："买玻璃丝袜虽然不犯法，可你是出家人，买它做什么呢？"他虽没解释，但心里却想：我这是为了满足一个学生穿玻璃丝袜的梦想，出家人也有天下父母心啊！

还有一件关于星云大师的小事。

他有甲和乙两个学生，表现得都很出色，简直分不出高低上下，都很值得给予奖励。可他只有一份礼物，一时不知奖励给谁好。经过思考后，星云大师找来了甲，说："我有一个精美的礼物要送给乙，请你替我转送。如果将来再有一份的时候，我就送给你。"如此一来，乙收到了礼物固然心喜，甲因为受到重视也感到很高兴，可谓皆大欢喜。

诸如此类的小事，还有许多。这些小事似乎都微不足道，都没有什么了不起，但正是这一件又一件的小事，说明了星云大师善于从细微处体谅和善待他人。因为，小善积累多了，自然就成了大善。这就如老话所说："行善如春园之草，不见其长，日有所增；行恶如磨刀之石，不见其损，日有所亏。"这也如佛教所言："如是因，必得如是果。"没经过春耕夏耘，哪里能有秋收冬藏呢？

点评

小事不做，大事难成。这不禁让人想起被誉为是20世纪伟大的心灵导师、成功学大师戴尔·卡耐基的一句话："一个能从细微处体谅和善待他人的人，一定是一个与人为善的人，必定有很好的人际关系，这种人际关系就是他成功的基石。"

用伟大的爱做小事

王中霞的家境不富裕,三口人挤在一室一厅的小房子里,欠了10多万元的外债,平时常靠亲戚接济。她自己不怕日子苦,只是感到很对不起7岁的儿子,因为除了玩坏了的小飞机、变形金刚之外,儿子连一个像样的玩具都没有;儿子至今还不知道肯德基快餐是什么滋味,就连动物园也没有去过。

2004年,在王中霞过生日的那天,家里来了客人。她拿着100元钱去集市上买菜,交款时一摸口袋,惊讶地发现:钱丢了。回家之后,她忍不住失声痛哭,心疼得泣不成声。她说:“丢的这100元钱,对全家人来说可是一笔不小的生活费用啊!”

2009年11月,王中霞到郑州机场上班了,每月的工资只有一千多元。她的工作岗位是飞机客舱的清洁员,就是在航班着路后清洁飞机的客舱。她的工作很辛苦,每天早8点到单位,很晚才回家,每天都要清洁约20架飞机。她的生活很节俭,每天上班的伙食就是带点菜,带两个馒头,在单位喝点开水,长年如此。在同事眼中,她是个善良、诚实、淳朴的人,逢人便笑,有出力气的工作总是抢在前面。

2010年春节后的一天,王中霞在清洁航班客舱时发现,一个座位的后兜里塞着一个钱包,鼓鼓的。她打开一看,里面有一沓现金,还有好多银行卡。这是她第一次捡钱,有点紧张,赶忙找到还没有下飞机的机组人员,把钱包交给了他们,请他们帮助尽快还给失主。经清点,这个钱包里面有1 816元现金,还有多张银行卡。她说:“人家的就是人家的,谁丢了都肯定着急。只有还给了失主,我的心里才安稳。”

后来,王中霞清洁航班客舱时又多次捡到钱和物,每次都毫不犹豫地选择了归还失主。她不仅很少见到失主,很少听到“谢谢”,而且还有一些人笑她“傻”,但她却义无反顾,毫不动摇。她说:“我理解丢失东西人的心情,也能想象得到他们‘失而复得’的快乐。不管捡到什么东西，我都会一如既往、心甘情愿地全部上交。这是做人最基本的道德。”

尽管机场里的许多人都知道王中霞捡到过很多钱和物，可究竟捡了多少次钱和物，这些钱和物的价值到底是多少，就连她自己也说不清。

但是，郑州机场的记录显示：2010 年至今，王中霞共捡到人民币 10 676 元、美元 245 元、台币 16 000 元，手提电脑 5 台，手机 10 部，银行卡若干张，总价值过百万元。

诺贝尔和平奖得主特蕾莎修女说过这样一句话：“我们常常无法做伟大的事，但我们可以用伟大的爱去做些小事。”可以说，身为飞机客舱清洁员的王中霞无法做伟大的事，但却用伟大的爱做着小事。

其实，特蕾莎用伟大的爱去做的那些小事并不小，不然怎么会获得诺贝尔和平奖呢？虽然王中霞勤恳工作、拾金百万而不昧的小事不能与诺贝尔和平奖得主相比，但也不可小看。因为，一个人的人生价值，不是用一生赚了多少钱、做了多大官和得了多少荣誉来衡量，而是用一生善待过多少人和被多少人所尊敬来衡量；不是用占有多少来衡量，而是用奉献多少来衡量。

点评

在这个世界上，无论是谁，如果坚持不懈地用伟大的爱去做小事，小事就会变得伟大，人格就会变得高尚。

帮助竞争对手

1978 年 5 月，中央音乐学院和上海音乐学院在上海联合招生。那时 22 岁的徐小平，脚蹬一双塑料凉鞋，手提一只尼龙网兜，怀揣几个茶叶蛋，肩背一架手风琴，从泰兴家乡到上海赶考。他在一个亲戚家里安顿好了之后，便随着滚滚的人流，参加了上海音乐学院作曲系和中央音乐学院音乐学系的考试。

不久，上海音乐学院作曲系的复试榜张贴出来了，徐小平榜上无名。中央音乐学院音乐学系的复试榜还得过些天才能公布，为了节省费用，他决定返回泰兴老家。临走之前，他告诉亲戚：到了发榜那一天，别忘了到上海音乐学院去看看。如果榜上有他的名字，就赶紧给拍个电报，以便赶来复试。

嘱托了亲戚之后，徐小平总感觉还不够放心。可上海就这么一位亲戚，还能拜托谁呢？想来想去，他突然想到了在考场上刚刚认识两天的考友——已经 29 岁的杭州大龄考生王次炤。于是，他在匆匆离开上海之时，把帮助看榜和拍电报的事情又托付给了王次炤，并留下了自己的家庭地址。

那年中央音乐学院音乐学系在全国只招 10 个学生，考生之间竞争之惨烈不言而喻。实际上，比徐小平年长 7 岁的王次炤的心理压力更大，渴望获得复试机会的心情也更迫切。他们不只是刚认识的考友，而且也是激烈竞争的对手。对于后者，徐小平似乎根本没有想到，只是怀着对王次炤的充分信赖离开了上海。

盼到复试发榜的那一天，徐小平早晨起来就开始等电报，等命运的宣判，等到中午，电报还是没有来。于是，他干脆走到邮电局去等，以防邮递员送错。等到下午两点，还是没有任何消息，他郁闷地回到家中，看到爸爸妈妈也在如饥似渴地等待着。

到了下午 4 点多钟的时候，电报最终盼来了："电报，电报，小平的复试电报！"街坊邻居纷纷喧嚷起来，爸爸妈妈和他的眼睛立刻都亮了。

可当时从泰兴到上海的班车已经没有了，唯一能在第二天早晨 8 点前赶到上海参加复试的办法是走水路。他总算赶上了最后一班渡轮,登上了驶往上海的客轮。

那天深夜,另外一份通知复试的电报也送到了徐小平的家里。父母接到这份电报却出了一身冷汗,心想:如果只委托给一个人,而这个人恰恰是发送这份深夜来电的主儿,小平的前途可就毁了!除非坐直升机去,不然就休想参加在第二天早晨8点举行的复试了。后怕之后,感到庆幸——幸亏有第一份电报!但庆幸之后,又感到纳闷:上海到泰兴的电报,从发送到收到大概需要4个小时。半夜收到的电报,应该是晚上七八点发送的了。是谁选择这么晚的时间才发电报呢?

一般人都会这样猜测:发第二封电报的不可能是那位亲戚,一定是那位受托的考生。很明显,故意晚发电报,就等于消除了一个竞争对手。一般人也都会夸奖徐小平聪明,知道多留一手,知道让亲戚做会更保险!

然而,一般人的猜测都错了。恰恰是在激烈竞争考场上萍水相逢的考友王次炤,在第一时间发出了让徐小平参加复试的喜讯!如果不是这份电报,徐小平的这场大学梦早已断送在扬子江了!

后来那位亲戚如实地说,因为觉得小平根本没戏,所以起初就没去看榜。等到了傍晚信步走到了发榜处时,"居然"看到了他的名字,于是才匆匆地发出了电报,但为时已晚!

最近,徐小平在回忆这段把命运交给陌生人的往事时,充满了对王次炤的感激。他说:"我说不清楚,次炤兄后来担任中央音乐学院院长之要职,领导着这个世界一流的艺术学府,和他当年给我发电报之间有什么因果关系,但有一点是肯定的:好人有好报!一个人做点好事并不难,难的是为和自己毫无关系、甚至还有利益冲突的陌生人做好事。"

点评

如果竞争成功仅仅是为了压倒对手,那就很难得到人们的钦佩与祝福;如果竞争成功是为了共赢发展,那就一定会得到人们的敬重与拥戴。

善良也要讲究方法

那是一个美丽的小岛，山清水秀，四季分明。岛上最独特之处是有许多种类的蛇，人称蛇岛。蛇岛上建立了一个展览馆，专门展出岛上各种各样的蛇。蛇岛逐渐成为一个远近闻名的旅游景区，游客不断。这给当地的居民带来了相当可观的收入。

岛上的居民十分感激上天的关照与恩赐，非常注意保护当地的生态环境，特别是保护蛇。有的人把蛇称为"半仙"，甚至视若神明。

有一天，北风呼啸，突然降温，天很冷。父子俩徒步去集市办年货，途中在路边看到两条冻僵的蛇。儿子弯下腰，说："我把它们放在怀里，让它们慢慢地缓过来吧。"

父亲说："不急，先让我看一看是毒蛇还是无毒蛇。"父亲仔细观察后确认是无毒蛇，也就同意了。儿子在大衣外面横系了一根绳，把冻僵的蛇放在大衣与棉衣的中间。

随后，父子俩继续赶路。走了一阵子，儿子突然高兴地说："有一条蛇已经缓过来了，已经会动了。"他高兴地解开大衣的扣子，准备看一看，没想到苏醒过来的蛇突然在他手上咬了一口。

父亲急忙上前看了看，心疼地说："把蛇拿出来吧，免得再咬你。"

儿子说："既然是无毒蛇，问题不大，还是在怀里放着吧。"

父亲坚决地说："不行！一定得拿出来！"

儿子不解地问："咬人是蛇的本性，善良是做人的原则。不能因为蛇咬人，就放弃我们保护蛇的责任。这不是您以前多次对我讲过的话吗？"

父亲不由分说，小心地从儿子的怀里取出了 3 条蛇，将它们都放进了一个口袋里。接着父亲领着儿子在附近找了一个山洞，山洞里比外面暖和多了，至少在零摄氏度以上。父亲将 3 条蛇放在了山洞的最里面，对儿子说："我们可以放心地走了，再过一会儿，它们都能缓过来。”

在继续赶集的路上，父亲笑着对儿子说：“一定要记住：善良是可贵的，是任何时候都必须坚持的，但是坚守善良也要讲究方法和手段。我们不仅要避免被毒蛇咬着，而且要避免被无毒蛇咬着。”

点评

坚守善良，就要用斗争的智慧和实力武装善良。善良不是软弱，不是轻信，不是糊里糊涂，不是逆来顺受。鲁迅说：“忠厚是无用的别名。”列宁说：“善良是铺向地狱的通道。”鲁迅说的“忠厚”，正是没用斗争的智慧和实力武装起来的“忠厚”。列宁说的“善良”，正是没用斗争的智慧和实力武装起来的“善良”。

29 分钱

那是一天傍晚，德兰姆姆独自一人行色匆匆地走在加尔各答贫民区脏乱的街道上。

在加尔各答的贫民区，几乎所有人都认识德兰姆姆。因为，专门救助穷人的仁爱传教修女会就是她创建的，更何况她赢得了全世界人民的爱戴，获得了1979 年诺贝尔和平奖。其实不只是穷人崇拜她，世界各国许多有钱的富人，也都心甘情愿地给她创建的仁爱传教修女会捐钱。

突然，一个骨瘦嶙峋、蓬头垢面的乞丐不好意思地拦住了德兰姆姆，然后吞吞吐吐地说："修女，每个人都很敬重您的事业，都愿意为您做出奉献。我虽然没有能力，但也想奉献给您 29 分钱，以略表我的心意。整整一天，我只讨到这29 分钱。如果您不嫌弃，就请您都收下！"

客观地说，尽管德兰姆姆的全部个人财产，只有一张耶稣受难像、一双凉鞋和 3 件旧衣服，但仁爱传教修女会却有 4 亿多美元的资产。这 29 分钱对于修女会的资产来说，确实是微乎其微了。

德兰姆姆感到进退两难："如果我收下这 29 分钱，他今晚就一定会饿肚子。如果我不收，又一定会伤他的心。"

于是，德兰姆姆把随身携带的还没来得及吃的晚饭，即一块面包和一瓶水送给了他，同时伸出双手，恭恭敬敬地收下了这 29 分钱。

当德兰姆姆收下这 29 分钱时，惊喜地看到拘谨的乞丐竟然笑了，而且笑得那么开心，那么满足，那么灿烂。

德兰姆姆想：这个穷苦的乞丐，在炽热的太阳底下，在 40 多摄氏度的高温下，乞讨了整整一天，才讨到 29 分钱，却全数奉献出来。29 分钱虽然微不足道，但其中饱含着无价的爱心。

后来，德兰姆姆在多次演讲中说道："穷人没有钱，没有地位，但并不缺少互相帮助和互相体谅的爱心。这正是穷人的伟大之所在。只要真心愿意的话，我们每个人，即使是一个卑微的乞丐，也可以对他人献出爱心，对他人有所帮助。”

点评

一个人的能力有大小，但人人都可以行善。有钱人的巨额捐款是行善，每个人做力所能及的好事也是行善。

尊　　重

1981 年春，当时还是副总统的乔治・布什乘“空军 2 号”飞机赶往外地执行公务。突然，他接到国务卿黑格从华盛顿打来的紧急电话：“出事了，请您尽快返回华盛顿。”事情非同寻常，“空军 2 号”立刻调头，改变航向。

几分钟之后，布什从收到的密电中得知了令人震惊的消息：里根总统遇刺中弹，正在华盛顿大学医院的手术室里紧急抢救。

“空军 2 号”在安德鲁斯着陆的前 45 分钟，布什的空军副官约翰・马西尼中校来到前舱为结束空中飞行做准备。飞机缓缓下滑时，马西尼突然提出了一个特殊事情特殊办的建议：“直接飞往白宫，在南草坪上着陆。”因为，如果按常规在安德鲁斯降落后，再换乘海军陆战队的直升机飞抵副总统住所附近的停机坪着陆，再驾车驶往白宫，势必浪费许多宝贵的时间。

布什考虑了片刻，决定放弃这个打破常规的计划，仍按照惯例办。

马西尼再次提醒道：“我们到达时，市区交通正处高峰时期，街道上的交通很拥挤，坐车到白宫还要多花 10 到 15 分钟的宝贵时间。”

“也许是这样的，但是我们必须严格按规矩办。”

马西尼说：“是的，先生。”说着走向舱门。

看到马西尼尽管表示服从，但显得疑惑不解时，布什叫住他，解释道：“约翰中校，在美国，只有里根总统的“空军 1 号”才能在南草坪上着陆。我乔治・布什只是副总统，不是总统，不能那样做。”

跟随布什多年的工作人员都知道他的一贯主张：心怀尊重，是做好副职的最重要的条件，也是人与人之间相互信任的基础。

点评

只有尊重领导，才能得到领导的尊重；只有尊重他人，才能得到他人的尊重；只有尊重人民，才能得到人民的尊重。

一支派克牌金笔

2009 年 6 月 26 日，我随同孙教授参观了美国的西点军校。

西点军校成立于1802 年7 月4 日，位于纽约北部80 千米的哈德逊河西岸的西点镇，占地 16 000 英亩，是美国陆军的第一个军事学校，全称为“联邦西点陆军军官学校”。

在西点军校的博物馆里，我看到了华盛顿总统用过的军刀，艾森豪威尔用过的手枪，希特勒自杀时用过的纯金制成的手枪……当我看到一支黑色的派克牌金笔时问：“收藏在此的这支笔一定有特殊的历史意义和文物价值吧？”

在美国已经工作多年的孙教授解释说，没错，这是一支很有意义、很有价值的签字笔。1945 年 9 月 2 日，在美军“密苏里号”战列舰上举行的对日受降仪式上，美国陆军五星上将道格拉斯·麦克阿瑟以驻日盟军最高司令的身份，代表盟国签字受降。在这个仪式上，他共用 5 支派克金笔签署了受降书。这，就是其中的第 4 支。

格拉斯·麦克阿瑟用第 1 支笔写下“道格”之后，转身将笔送给了美军中将乔纳森·温赖特。他用第 2 支笔写下“拉斯”之后，转身将笔送给了英军中将帕西瓦尔。他们曾不幸被日军俘虏，在集中营受尽磨难，都是麦克阿瑟的患难之交和亲密战友。他用第 3 支笔写下“麦克阿瑟”之后，将笔送给了美国政府档案馆。他用第 4 支笔写下了职务与军衔之后，将笔送给了西点军校。他用第 5 支笔写下年、月、日之后，将笔送给了妻子琼妮·费尔克洛思。

我又问：“看来，麦克阿瑟对西点军校一定有很深厚、很特殊的感情吧？”

孙教授解释说，没错，麦克阿瑟与西点军校的感情非同一般。1899 年，他 19 岁的时候考入了西点军校。他的母亲把他送到西点军校后，便在学员宿舍对面的西点旅馆安营扎寨了。母亲几乎每天早上伴随着军校的起床号到操场看儿子出操，晚上直到儿子宿舍的灯光熄灭了才休息。麦克阿瑟则时常在夜深人静之时，悄悄地溜到母亲的住处，看望母亲，打打牙祭。在母亲的陪伴下，他度过了4年的西点军校生涯。1903年，他以西点军校第1名的优异成绩毕业，总平均成绩超过98分。

1919年6月，39岁的麦克阿瑟被任命为西点军校校长，成为美国陆军史上最年轻的西点军校校长。在3年的任职期间内，他时刻把“责任、荣誉、国家”作为治校的座右铭。这个座右铭，后来被刻在了西点军校的校徽上。在他的倡导下，加大了体育课在全部课程中的比例，使之达到15%。在军校体育馆的上方放着一块匾，上面镌刻着他的一句名言：“今天，在友好场地上撒播下的种子，明天，在战场上将收获胜利的果实！”他曾这样评价西点军校的培养目标：“我们需要的是战场上的狮子，因为由一头狮子带领的一群羊将能战胜一只羊带领的一群狮子。”他还对军校建设提出了3个“着眼于”的原则：“应着眼于不断变化的世界，着眼于复杂的未来，着眼于军事技术和装备的不断现代化。”这开阔了美国军事教育事业的视野，把传统的西点军校带进了现代化的20世纪。

点评

麦克阿瑟不仅是西点军校的毕业生，而且曾任西点军校的校长，所以才将这支签署了职务与军衔的派克牌金笔，才将这支体现了“责任、荣誉、国家”座右铭精神的派克牌金笔，送给了西点军校。他这样做，既是毕业学员对母校的报答，也是曾任校长对军校的期望。

绝不忘记帮助过自己的人

微软公司总部里的员工,大部分是美国人。他们有很强的家庭观念,通常把家布置得非常漂亮,而把工作看作是赚钱的方式。他们很少和同事交朋友,相互之间除了工作几乎没有往来。

毕业于北京邮电学院的唐骏,尽管进入微软公司已经3年了,但对美国的这种交往方式依然感到有些难以接受。于是,他决定按自己的风格来处理与同事的关系。逢年过节,他都会给那些在工作上帮助过自己的同事发邮件,向他们表示感谢和祝福。这样的做法看上去很平常,但却给别人留下了很深刻的印象。

劳丽·罗娜特是总部的一位部门经理,与唐骏的级别相同。不过,她领导的团队有100多人,而他领导的团队只有20人。有一段时间,两个团队在工作上有很多合作,唐骏得到了劳丽·罗娜特的大力支持。于是,每过一段时间,唐骏都会给她发邮件表达自己的谢意和问候:"我的部门之所以会有今天的成就,要感谢你对我们的帮助……"唐骏还写了一封表扬信交给了公司上级,如实地赞扬了劳丽·罗娜特在工作上的能力、才干与卓越表现,这使她得到了应有的提升。

后来,由于总部内部的某些矛盾,劳丽·罗娜特突然从一位部门经理变成了一名普普通通的员工。周围的人都非常现实,去她办公室的人几乎没有了。午餐时,往日众人簇拥的场面消失得无影无踪,只剩下她孤零零的一个人。中国的老话说:"人走茶凉。"她人还没有走,茶却已经凉了。

但是唐骏一如既往,逢年过节继续给劳丽·罗娜特发去问候的邮件。他的想法很简单,就是因为自己在过去的工作当中曾得到过她的帮助。他有一个很坚定的人生信条:在任何时候和任何情况下,绝不忘记帮助过自己的人。

过了一段时间,事态突然发生了戏剧性的变化。劳丽·罗娜特原来在IBM时的顶头上司也被微软公司挖过来了,并当上了公司的高级副总裁。因此,她一下子升任高级副总监,管理一个300多人的大团队,前呼后拥的人顿时又多了起来。唐骏还是跟以前一样，与她的联系保持着以往的密度。在他看来，没有理由因为她职位的升与降来决定彼此关系的近与远。

1997年夏，微软公司决定在上海建立全球第5个“技术支持中心”，为包括中国内地、中国香港和中国台湾在内的大中华区微软产品用户提供技术支持服务。在公司内外公开招聘总经理的告示发布后，全球有1.8万人报了名。唐骏对此没有过多的兴趣和奢望，也就没有报名应聘。

经过一段面试之后，公司评委们对应聘者都不大满意。作为评委之一的劳丽·罗娜特忽然想到了唐骏，认为他是一个相当合适的人选。她自信地对评委们说：“我向各位推荐一位胜任这个职位的合适人选，他就是中国人唐骏。我不是他的上司，但曾经与他共过事，我相信他有足够的能力担当这个重任，建议公司对他做一次全面的考评。”她的建议，得到了评委们的一致同意。

很快，微软公司总监级以上的8位重量级面试官对唐骏进行了8轮面试。他们为唐骏令人满意的回答而兴奋，甚至有些惊讶：“在微软公司的技术人员队伍中怎么会有这样一个对管理颇具心得的人？”结果唐骏脱颖而出，迎来了职业生涯中最重要的一次转折，成了微软公司大中华区技术支持中心的负责人。这次最重要的转折，为其成为“中国首席CEO”和“中国第一经理人”奠定了坚实的基础。

回顾这段难忘的经历，唐骏深有感触地说：

“我讲自己这次升迁中的经历，并不想建议大家在周围人中找一位失落者来安慰。对他人的关心必须发自内心，这是做人的基础和根本。因为劳丽·罗娜特过去帮助过我，无论她在任何的处境，对我来说她都永远是我的朋友和值得尊敬的人。我以这样的心态和劳丽·罗娜特交往，也成就了我的事业。直到现在，我还是和她保持着和从前一样的友谊。”

“许多了不起的成功，其实都靠点点滴滴的细小努力积累而成的。向上、感恩、关心——这3种品质是做人最需要的。如果一个人真的具备了这3种品质，那么想不成功都很难。”

“我顺利从一个微软总部的普通部门经理，一下子成为微软一家海外机构的总经理。我认为这得益于自己在微软摸索出的另一条生存法则：做人。”

点评

生活中，我们经常充当两种角色——施恩者和受恩者。当我们施恩于人的时候，应该不图回报；当我们受人恩惠的时候，应该知恩图报。

善待人性的特点

美国一所大学的社会学教授,做了这样一个实验。

他要求学生们在下面的3种情况下,选择其中的一种,捐出自己的钱来进行援助。

这3种情况如下:

一是非洲中部遭遇严重旱灾,许多人正面临死亡的严重威胁。

二是大学中一名成绩优异的学生,因为无力负担学费,已处于无法继续学习的困境。

三是购置一台复印机,放在系办公室里供学生们使用。

学生们以不记名方式选择,结果有85%的学生,选择捐钱买复印机;有20%的学生,选择捐钱资助成绩优异的学生完成学业;只有3%的学生,选择捐钱援助非洲的难民。

这个没有任何引导的实验,一方面说明每个学生都程度不同地关心他人的困难,愿意给予帮助;另一方面说明大多数学生更关心的是与自己切身的利益相关的事情。

当然,人是可以改变的。如果引导得当,学生们的选择也会有所变化,也会表现出更多的无私奉献。

无私奉献是高尚的。但是,对更关心自己切身利益的选择,也不能简单地全盘否定,不能认为是一件坏事,而应当充分看到其中的积极因素。明白人性的这个特点,并妥善地加以引导,可以成全许多有益的事情。

铁路局的客运列车,曾为冬天乘客不肯随手关上门而大伤脑筋,于是在每节车厢里贴了一张告示:为了大家的舒适,请随手关门。

告示贴出后,情况虽有所改变,但收效不是很大。

后来,列车长想出一个新的方法,将告示改写成:为了您自己的舒适,请随手关门。

从此以后，车门基本上都关好了。

点评

希望别人怎样对待自己，自己就要怎样对待别人。自己怎样对待别人，别人也就会怎样对待自己。给人一束玫瑰，会留下一缕芬芳。帮助别人，就是帮助自己，即使不是直接地帮助自己，也是间接地帮助自己。

千万别吝啬赞美

马戏团的驯兽师彼得·巴勒曾做过一个训练小狗的实验。

第1种训练方法,在训练小狗表演的过程中,当小狗的动作做错时,他就对小狗进行责骂和鞭打,让它记住教训;当小狗的动作做对时,他却没有任何赞美和奖励的表示。

第2种训练方法,当小狗做对了某个特定的表演动作时,就算有了一点点的进步,他都对它进行一番赞赏,予以嘉奖,或者去轻轻地抚摸它,或者奖励它一块肉,或者逗它玩一会儿。

通过以上两种方法的比较,彼得·巴勒发现,后者比前者的训练效果要好很多,小狗非常愿意配合,也更容易掌握各种表演动作。

因此,彼得·巴勒就自觉地坚持使用后一种方法来训练各种动物表演杂耍。当然,他的方法并不独特。长久以来,驯兽师几乎都以赞赏为基本方法来驯服各种动物,并教会了它们各种杂耍的技巧。

心理学家赫洛克曾经做过一个让人们在不同条件下完成工作任务的实验。

他将被试者分为4组,分别在4种不同条件下完成工作任务。第1组是被赞美组,每次工作之后都给予赞美与鼓励;第2组是被批评组,每次工作之后都加以批评;第3组是被忽视组,不对其进行评价,只让他们静听前两组受到的赞美与批评;第4组是被控制组,让其与前3组隔离,既不给予评价,也听不到任何评价。

实验结果显示,被赞美组的工作成绩第一,被批评组的工作成绩第二,被忽视组的工作成绩第三,被控制组的工作成绩第四。

这个实验说明:赞美与鼓励的效果比批评的效果好,批评的效果比不给予评价的效果好,不给予评价的效果比根本听不到任何评价的效果好。总之一句话,在每次工作后给予及时的赞美,能够对工作起到促进作用。

在一个小村庄里，有甲、乙两个猎人。有一天，他们各自只猎到了两只野兔回家。猎人甲的妻子看后不满意地说："整整一天，你怎么才打到了两只？"猎人甲听了后冷冷地反问："你以为兔子是很容易打到的吗？"猎人乙所遇到的情况恰好相反，妻子看见他带回来了两只野兔，惊喜地说："你真棒，一天之内竟然能打到两只！"第二天，他们又去打猎了。猎人甲故意两手空空回家，为的是让妻子知道：打猎是件很不容易的事情。猎人乙打了4只野兔回家，面对喜出望外的妻子得意地说："4只算什么？！"甲猎人只听了妻子的一句不满的话，乙猎人只听了妻子的一句赞美的话，结果却截然相反。

美国心理学家兼哲学家威廉·詹姆斯说得好，大部分的人，一生只发挥了不到一半的才能，其他潜能在不知不觉中退化了，但是鼓励与赞美可以把人的潜能激发出来，而批评则会使人的能力枯萎。

不错，赞美之所以能对人的行为产生深刻而积极的影响，是因为它满足了人的被关注、被理解和被尊重的需要。

点评

尺有所短，寸有所长。其实，任何人都有长处，都有可赞美之处。一句赞美也许不到一分钟，但给对方留下的快乐、幸福也许会是一天、一月、一年，甚至是一生。只要"诚于嘉许，宽于称道"，就一定会看到催人奋进的神奇力量。

赞美如同撒香水，撒向他人时，自身也留下了芬芳，实在是生活中一种双赢的艺术。赞美吧，实事求是、恰如其分地赞美吧，千万别吝啬对他人的赞美。

帮别人即帮自己

在越战结束后的美国，许多人都知道一个美国士兵的故事。

他刚刚从越南打完仗回到国内，在旧金山给父母打了一个电话。

“爸爸，妈妈，我要回家了！但我想请你们帮我一个忙，我要带我的一位朋友回来。”

“当然可以。”父母兴奋地回答，“我们见到你的朋友会很高兴的。”

“但有些事必须告诉你们，”儿子继续说，“他在战斗中踩响了一个地雷，受了重伤，失去了一只胳膊和一条腿。他无处可去，我希望他能来我们家和我们一起生活。”

父母沉思了片刻说：“很遗憾听到这件事，孩子，也许我们可以帮助他另外找一个地方住下。”

“不，我希望他和我们住在一起。”儿子坚持。

“孩子，”父亲说，“你也许不完全清楚你说这些话的分量，这样一个残疾人将给我们家庭带来沉重的负担，我们不能让这种事干扰我们的生活。我想你还是赶快回家来，把这个人给忘掉，他自己会找到活路的。”

就在这个时候，儿子挂上了电话。

父母再也没有得到他们儿子的消息。然而几天后，他们突然接到旧金山警察局打来的一个电话：他们的儿子从高楼坠地而亡，警察局认为是自杀。

悲痛欲绝的父母飞往旧金山。在陈尸间里，他们惊愕地发现，他们的儿子只有一只胳膊和一条腿。

尽管他们的儿子不该用这种方式来提出自己的要求，但在这道爱的考题面前，父母回答的不圆满，失败了。这回答不及格的代价，竟是把历经千难万险从战场上活着回来的儿子推向了死亡。

这个美国士兵的悲剧，不禁使人联想到艾森豪威尔将军的一件轶事。

当时，第二次世界大战正在激烈地进行，欧洲战场打得异常惨烈。兵不厌诈，战场上的情况真是变幻莫测。

有一天，盟军统帅艾森豪威尔将军乘车回总部参加紧急军事会议。

那天大雪纷飞，滴水成冰，气温甚低，艾森豪威尔的汽车一路奔驰。忽然，他看到一对法国老夫妇坐在马路旁边，冻得瑟瑟发抖。他立即命令身旁的翻译官下车了解详情，一位参谋急忙地阻止说："我们得按时赶到总部开会，这种事还是交给当地的警方处理吧！"

人在难时拉一把，胜过送佛上西天。艾森豪威尔坚持地说："等到警方赶到的时候，这对老夫妇可能早已冻死啦！"

原来，这对老夫妇正准备去巴黎投奔自己的儿子，但因为车子抛锚，前不着村，后不着店，不知如何是好。

于是，艾森豪威尔立即把这对老夫妇请上车，特地绕道去了趟巴黎。送完这对老夫妇之后，才风驰电掣般地赶去参加紧急军事会议。

尽管艾森豪威尔根本没有行善图报的动机，然而，他的善心义举却得到了意想不到的巨大回报。原来，那天几个德国纳粹狙击兵虎视眈眈地埋伏在艾森豪威尔必须经过的那条路上。千军易得，一帅难求。如果不是因善行而改变了行车路线，他恐怕就很难躲过这场劫难。如果艾森豪威尔因遭到伏击而身亡，那么整个第二次世界大战的欧洲战史就很可能会因此而改写！

点评

"帮助别人，常常就是帮助自己。"这话虽不能理解成简单的因果报应，但从总体上看，却符合人类社会发展的客观规律。

助人的双手比祈祷的双唇更神圣。

面对假冒

那年高尔基出访意大利,在一座小城里看到一张海报,上面写着:今天剧院将上演俄罗斯大作家高尔基的话剧《敌人》,演出后高尔基将亲自登台与观众见面。高尔基感到很吃惊,因为没人知道他已来到这座城市,更没人通知他光临剧院,心中不禁升起疑团:这到底是怎么回事呢?应该去看个究竟!

小城里的人比较好奇,都想一睹著名作家高尔基的尊容,所以买票看剧的人格外多。高尔基坐在观众席上,帷幕徐徐拉开。看了一阵之后,他感到剧情改动太大,便悻悻地离开了剧院,信步走到海边,静坐了半个时辰。他蓦地想到,演出后"高尔基"还要与观众见面呢,便赶紧返回剧院继续看个水落石出。

来得早不如来得巧,观众们正在那里鼓掌高喊:"我们要见高尔基!我们要见高尔基!"随后,假冒的"高尔基"登台亮相,只见他满脸笑容,频频向观众挥手致意。

高尔基想:这个演员长得倒是挺像我,应该和他认识一下。

观众离开剧院后,高尔基走上舞台,跟那位假冒者握了握手说:"你好,'高尔基'先生!"

一见到真的高尔基,假冒者着实大吃一惊,不由得用手捂住脸,坐在了椅子上。他稳定了情绪之后,低声地说:"难道真的是您吗?"

高尔基平静地回答:"是我。"

假冒者深表歉意:"请原谅,我应该向您解释清楚。"

两个人走出剧院,来到海边高尔基刚才坐过的地方。假冒者告诉高尔基:"尽管过去我也努力演戏,可得到的报酬很少。为了改善一家人的生活,我找了这个新角色,就是假冒您这位剧作者。"

高尔基问:"那你现在的收入多些了吗?"

假冒者点点头,说:"那当然,现在我挣的钱多了10倍,几乎所有的剧院都邀请我。”

高尔基又问:“是谁建议你假冒我的呢?”

假冒者回答道:“是饥饿。现在您可以骂我一顿了。”

高尔基大度地说:“为什么要骂你呢?如果假冒能为你改善生活起点作用,那我是非常高兴的。不过,我还是建议你尝试一下光明正大地公开模仿,走出一条真善美的艺术之路。”

假冒者握着高尔基的手,激动地说:“谢谢您!您有像大海一样宽广的胸怀……”

后来,这位假冒者真成了一位颇受欢迎的模仿达人。就连高尔基也认为,他对自己的模仿惟妙惟肖。

无独有偶。大画家毕加索出名之后,许多冒名的假画也渐渐多起来。尽管他对此也很反感,但从不对假冒者严加追究,只是好言相劝,劝人把假冒自己的签名涂掉,同时还指点他们如何提高绘画水平。

有人不解地问毕加索:“您为什么这样宽容?”

毕加索做了非常有趣的回答:“做假画的人,不是穷人,就是同行,我怎么能为难穷人和同行呢?穷画家本身的日子就不好过,我又何必雪上加霜。再说,那些专门从事鉴定的专家也得有饭吃啊!如果冒充我的作品能使许多人有饭吃,我怎么能忍心揪住不放呢?何况假冒者中的许多人成了我的学生和朋友,成了不错的画家。”

点评

有时用爱心面对假冒,比用打官司的效果要好得多。

回敬辱骂

在实际生活中,遭到辱骂是难以避免的,即便是圣贤与名人也难以幸免,就像树欲静而风不止一样。

但是,不管骂人者有多坏、多恶,那些圣贤与名人永远不出恶口。这不仅是修养,而且是真正的成熟、自信和成功的一种标志。

请看:

佛祖释迦牟尼曾经遭到一个人的嫉妒和辱骂。对此,他心平气和,沉默不语,不动声色,我行我素。有一次,当那个人骂累了之后,释迦牟尼微笑着问:“我的朋友,当一个人送东西给别人,别人不接受,那么,这个东西是属于谁的呢?”那个人不假思索地回答:“当然是送东西的人自己的了。”释迦牟尼说:“说得对。这些天,你一直不断地骂我。如果我不接受你的辱骂,那么辱骂又属于谁呢?”听此妙问,那个人为之一怔,哑口无言。此后,那个人再也不骂释迦牟尼了。

富弼是北宋的名相,年轻的时候就很有度量。有人骂他,他充耳不闻,专心致志地做好自己的事情,好像什么也没听见。旁边的人告诉说:“那个人正骂你呢!”他说:“恐怕骂的是别人。”旁边的人又说:“喊你的姓名,难道会骂别人!”他说:“恐怕是同名同姓的人。”骂人的那个人听完富弼那不屑一顾的回答后,感到非常羞愧。

王炽是赫赫有名的晚清巨商,被誉为“钱王”。他对一些人的嫉妒与辱骂,常用这样的话激励自己:“说我,羞我,辱我,骂我,毁我,欺我,骗我,害我,我将何以处之?容他,凭他,随他,尽他,让他,由他,任他,再过几年看他。”

李叔同既是才气横溢的艺术教育家,也是一代高僧。他说:“如果有人诽谤我,与其跟他争辩,不如容忍他。如果有人侮辱我,与其防范他,不如感化他。”他还说:“何以息谤?曰:无辩。何以止怨?曰:不争。”

大学者胡适对长期骂他的人,用文字做了这样的回答:“我受了10余年的骂,从来不怨恨骂我的人。有时他们骂得不中肯,我反倒替他们着急。有时他们骂得太过火了,反损骂者自己的人格,我更替他们不安。如果骂我能使骂者有益,便是我间接于他有恩了,我自然很情愿挨骂。”

齐白石尽管是大画家,但对其作品的评价,有赞美者,也有贬低者。面对截然不同的评价,他说:“勿道人之短,勿说己之长;人骂之一笑,人誉之一笑。”

有人曾问中国台湾作家余光中:“李敖几乎天天在不同场合找您的茬,骂您,您为什么从不回应?”他沉思片刻,说:“他天天骂我,说明他的生活不能没有我。而我从不搭理,证明我的生活可以没有他。”

10 月 11 日,刚刚获得 2012 年诺贝尔文学奖的莫言,这些年也没少挨骂。他淡定地说:“骂人是自由,沉默也是自由。”他还写过一副对联,上联是:佛说遇蚊虫叮咬忍之。下联是:我说遇小人追骂乐之。横批是:不抓不挠。

点评

面对辱骂,也许我们做不到像圣贤与名人那样的从容、平静与宽容,达不到像圣贤与名人那样的“是非审之于心,毁誉听之于人”之境界,但至少应该做到珍惜自己,不让辱骂来影响自己的情绪、健康和工作,不拿别人的错误惩罚自己。

回敬辱骂的最好办法,不是恨,而是爱;不是报复,而是比他们更成功、更快乐、更幸福。一方面不卑不亢,不予理睬;一方面竭尽全力做最好的自己。这样做,对于强者来说,是一种风度;对于弱者来说,是一种明智。

选择宽容

唐代宗大历二年的一天，大将郭子仪的儿子郭暧与妻子开平公主吵架。冲动的郭暧口出狂言："你倚仗你父亲是皇帝，就觉得有什么了不起吗？我父亲还不愿意当皇帝呢！"

言者无意，听者有心。正在气头上的开平公主听后如火上浇油，立刻乘车赶回皇宫向父皇告状。

唐代宗听了开平公主的哭诉，不但没有为女儿撑腰，反而替郭暧说话："孩子，你有所不知，你公爹确实是不愿做皇帝。要不是这样的话，李氏的天下早就姓郭了。"

郭子仪听说这件事后，气得浑身发抖，立刻命人将郭暧五花大绑，亲自带他到皇帝面前去请罪。

代宗皇帝见后，赶忙将郭子仪请到内宫，安慰道："俗话说，不痴不聋，难做大家庭的老翁。小夫妻俩在闺房里说的气话，你作为国家的重臣怎么能去追究呢？"一场犯上大祸，就这样无声无息了。

同唐代宗不计较郭暧的冒犯一样，宋太宗也巧妙地宽容了两位重臣的冒犯。

有一天，殿前都虞侯孔守正和另一位大臣王荣，同在北陪园侍奉宋太宗饮酒。当孔守正喝得酩酊大醉之时，便和王荣在皇帝面前争论起守边的功劳来。二人越争越激动，越争越气愤，竟然将宋太宗晾在一边，理也不理，完全失去了为臣者应有的礼节。

侍臣实在看不下去，就奏请宋太宗，将两人抓起来，送到吏部去治罪。宋太宗平静地笑了笑，不但没有同意，而且吩咐人把他们照顾好，分别送回家去。

第二天，二人酒醒之后，深为昨天的鲁莽行为而懊悔，不禁后怕。于是，他们一起赶到金銮殿向皇上请罪。

出乎意料，宋太宗对昨天两人的行为表现出一副全然不知的样子，说道："朕也喝醉了,实在记不得发生过这些事情。”

他们走后,侍臣不解地问宋太宗:“您明明没喝醉,为什么说自己也喝醉了呢?”

宋太宗说:“编个喝醉了的理由,对他们的冒犯不加追究,既没有丢失朝廷的面子,又能让两位大臣警觉自己的言行,能达到惩前毖后的作用也就够了。”

唐代宗与宋太宗这两件宽以待人的小事,之所以能成为流传千古的佳话,大概是因为确有其难能可贵的借鉴作用吧。

点评

人不能一味地宽容,因为那将失去原则,失去自己的尊严,但更不能一味地刻薄,因为那将失去善良,失去别人的尊严。宽容不仅表现为一种胸怀,而且表现为一种睿智;刻薄不仅表现为一种狭隘,而且表现为一种短视。宽容往往产生宽容,刻薄往往产生刻薄。宽容者让别人愉悦,自己也快乐;刻薄者让别人痛苦,自己也难受。宽容者像充满生气的春风,令人亲近;刻薄者像充满杀气的秋风,令人躲避。一般地说,与其选择刻薄,不如选择宽容。

宽容的微笑

2007 年 1 月，中央电视台“同一个世界”系列片的前期准备正在紧张进行中。在搜集第 16 届墨尔本奥运会的历史素材时，一段尘封已久的影像资料引起了人们的兴趣与关注。

那是 1956 年，第 16 届奥运会在澳大利亚墨尔本开幕前夕，火炬接力活动已接近尾声。当一名火炬手进入视线的时候，一些细心的人们会发现，火炬手手中的火炬竟然如此粗糙，精致的火炬头变得很简陋，圆柱形的银质手柄则变成了方形的木棍。

这究竟是怎么一回事呢？原来，这是一场闹剧。

手持“火炬”的小伙子叫巴里·拉金。他不是奥运会真正的火炬传递手，而是世界上第一个，也是唯一一个制造并且传递假奥运火炬的人。

当年巴里·拉金只有 18 岁，是悉尼大学兽医系的一年级学生。他导演这出闹剧的起因，完全是起始于一个玩笑。他说：“我们本来只是想开一个玩笑，感受一下拿着火炬在人群中奔跑的感觉，并没想到那么多的人会信以为真，会以假乱真。”

于是，巴里·拉金和圣徒约翰学院的彼特·葛兰顿等同学，把木棍、空的葡萄干罐头盒涂上银色，将浸有煤油的内裤装进罐头盒里，就算做成了“火炬”。

清晨，巴里·拉金、彼特·葛兰顿和另一位同学都穿着政府规定的白色外套，就像真的火炬手一样，奔向约克街，奔向城市广场，去见市长巴·希尔斯。

然而当跑到约克街的时候，其他几位假火炬手失去了勇气，丢掉了火炬。他们对巴里·拉金说：“你能捡起火炬继续往前跑吗？”他二话没说，捡起燃烧着的火炬，继续向前奔跑。

巴里·拉金骄傲地举着假火炬，穿过城市的街道。在距离城市广场 100 米的地方，身边出现了一支由 6 位骑摩托车警察组成的护卫队为他开道，附近有三四万人。许多官员和摄影记者,都把他当成了真正的火炬手。他硬着头皮往前跑,将火炬传递给巴·希尔斯市长。不知什么原因,市长并没有发现火炬的异常,而是高兴地接了过去,并开始讲话。

巴·希尔斯市长身后火炬传递的组织者马克·马斯顿,很快注意到了这支异样的火炬,并不动声色地打断了市长的演说。

此时的巴里·拉金早已溜之大吉,乘一辆有轨电车回到学院吃早餐去了。

随后不久,真正的火炬手举着墨尔本奥运会的火炬跑进了城市广场,点燃了巴·希尔斯市长手中的火炬,然后离开,前往墨尔本。

看到了真正的火炬,巴·希尔斯市长和许多人才彻底明白,刚才的那一幕竟然是一场闹剧。

第二天,巴里·拉金成为舆论的焦点,各大媒体对他争相报道。

发人深思的是,澳大利亚人对巴里·拉金这场闹剧并没给予过多的指责,而是报以宽容的微笑。

更发人深思的是,44 年之后,即在 2000 年第 27 届澳大利亚悉尼奥运会上,62 岁的巴里·拉金被选为真正的火炬传递手,令人羡慕地举起了真正的奥运火炬。

澳大利亚人的宽容微笑,使一场令人啼笑皆非的闹剧,变成了一场人们津津乐道的喜剧。

点评

宽容与爱心是很高贵的礼物,而且它不需要任何花费就可以拥有。如果我们能用宽容与爱心帮助别人,往往就会得到同样的回报。

驾驭愤怒

那是狂风暴雨的一天，陆军部长斯坦顿直奔林肯总统的办公室，气呼呼地说："手下的一位少将竟敢侮辱我，说我办事既无能又不公。"

林肯总统听后，建议斯坦顿写一封信，表达自己愤怒的理由，"甚至可以狠狠地骂那个家伙一顿"。

斯坦顿当即写了一封措辞尖刻的信，然后给林肯总统看。

"对了，对了。"林肯总统高声叫好，"要的就是这个！义正词严，真是写绝了。"

但是，当斯坦顿把信叠好装进信封里的时候，林肯总统却叫住了他，问道："你要干什么？"

"寄出去呀。"斯坦顿有些摸不着头脑了。

"不要胡闹。"林肯总统大声说，"这封信不能发，快把它扔到炉子里去。愤怒时写的信可以解气，但不能收到好的效果。如果你还不够解气，那就接着写第二封信吧。"

林肯看斯坦顿仍不理解，接着耐心地说："人总会有憋气窝火的时候，但以眼还眼、以牙还牙不是上策。我们既不能让愤怒变成仇恨，也不能让愤怒变成愚蠢。愤怒一旦与仇恨、愚蠢携手并肩，那离倒霉的日子就为期不远了。你要记住：愤怒，是用别人的错误惩罚自己。别在喜悦时做出承诺，别在忧伤时做出回答，别在愤怒时做出决定。永远不要在愤怒的时候出剑！"

其实，林肯总统自己也有过类似的经历。

那是在南北战争接近尾声之时，敌军的罗伯特·李将军节节败退。林肯总统看到机会难得，胜利在望，就命令部队指挥官米德将军乘胜追击。然而，米德将军一直犹豫不决，迟迟没有动作，反而花了许多时间召开军事会议，议而不决，结果贻误了战机，致使敌军逃之夭夭。

林肯总统对此感到极其愤怒，于是给米德将军写了一封措辞十分严厉的信。信是这样写的：

“亲爱的将军：

我相信你不会对南方将领罗伯特·李平安逃遁这一严重事件无动于衷。他原已在我军的铁腕之中，作为我军最近一系列军事努力的结果，这次擒住他本可结束战争，但严酷的事实是这场战争还将继续下去。因为你在上星期一那样的大好时机都未能成功击溃李，又如何能以三分之二的兵力达到这一目的呢？寄此希望是不现实的，我预料你不会有重大战果。大好战机的白白失去，我实在为此痛心疾首。”

但是，米德没有读到这封信。因为林肯总统把写好的信收了起来，没有寄出去。因为林肯总统明白，寄出这封信不仅与事无补，反而会激化矛盾。因为林肯懂得，愤怒始于无谋，终于后悔。直到他遇刺身亡之后，人们才在档案中发现了这封信。

点评

愤怒就像一把双刃剑，有时候是勇敢和美德的武器，有时候则是吹灭理智之灯的狂风。随意发泄愤怒是本能，善于驾驭愤怒是本事。人，应该支配愤怒，做愤怒的主人，而不应该被愤怒所支配，做愤怒的奴隶。

帮人遮羞

那天刚上班，张总经理就带着李秘书去会议室与外商会谈。外商董事长与他的女秘书已经比约定时间提前十分钟赶到了，正在会客室等候。当双方握手的时候，张总经理发现，外商董事长的脸颊上有不雅的印记——一弯鲜红的唇痕。

此时，外商的女秘书也发现了董事长脸颊上的唇痕。她焦急地屡屡使眼色暗示，但那位董事长毫无察觉，并不理会。当时的情景，显得十分尴尬。

张总经理灵机一动，连忙道歉似的说："真对不起，我的一份资料落在办公室了。我们回去一下，请稍候。"随后，李秘书心领神会地跟着张总经理退出了会客室。

当张总经理和李秘书回到会客室的时候，外商董事长脸颊上的唇痕已经无影无踪了。双方谈得很融洽，会谈的结果都很满意。

事后，李秘书问："这次会谈进行得这么顺利，恐怕与您帮助外商董事长遮羞有关吧？"

张总经理没有立刻回答，而是先讲了一个流传千古的美谈——楚庄王绝缨得士的故事。

春秋时，楚庄王大宴群臣，文武百官，宠姬妃嫔，全部出席。席间奏乐歌舞，美酒佳肴，饮至天黑，兴犹未尽。楚庄王命人点起蜡烛继续夜宴，还特别叫最宠爱的两位美人许姬和麦姬，轮流敬酒。忽然风起，吹熄了所有的蜡烛，漆黑一团，席上一位官员趁黑摸了许姬的玉手。许姬一甩手，扯断了他的帽带，匆匆回座附耳对楚庄王说："刚才有人趁黑调戏我，我扯断了他的帽带。赶快叫人点起蜡烛看看，谁没有帽带，谁就是不轨之人。"楚庄王听后却大声下令："寡人今晚要与诸位同醉，来，大家都把帽子摘下来痛饮。"百官纷纷摘掉帽子之后，楚庄王才命令重新点起蜡烛。都不戴帽子了，自然也就看不出是谁的帽带断了。席散回宫后，许姬怪楚王不给自己出气。楚庄王笑着说："此次宴会，目的在尽兴，酒后狂态，乃人之常情，若要追究，岂不是大煞风景，岂不是违背了宴会的原意。"

3 年之后，晋国与楚国交战。楚庄王率军 5 次与晋军交战，发现总有一员武将冲在最前面，舍生忘死地英勇奋战。楚军大获全胜后，楚庄王召见那位武将，对他说："我没有什么了不得的德行，又未曾特别关照过你，你为什么如此出生入死地为我作战呢？"

那位武将不好意思地说："为臣罪该万死，过去酒醉失礼，被大王的爱妃扯下了冠缨。大王为臣下遮掩，免去了祸灭九族之罪，臣下怎么能不报答大王的恩德呢？"

点评

人非圣贤，孰能无过？在各种各样的过错中，有许多是可以原谅的。面对这样的过错，与人为善、若无其事地帮人遮羞，其结果常常是保全了别人，成全了自己。

让他人变得伟大

1994 年,他加入比尔·盖茨的微软公司,担任微软总部开发部门的高级经理。

1997 年,他受命筹建上海技术支持中心,并将其发展成为微软在美国之外唯一的全球技术支持中心。他领导的微软(中国)在销售方面,连续 6 个月创造了历史的最高销售纪录。他是唯一一位 3 次被授予微软最高奖项的人。

2004 年,他以微软(中国)终身荣誉总裁的身份从微软退休,并以 260 多万股股票期权出任盛大网络公司的总裁。当他决定离开工作了 10 年之久的微软公司时,比尔·盖茨亲自致电挽留,言辞恳切:"你能否不走?你可以选择更高的职务,负责中国、印度、巴西、俄罗斯 4 个国家的市场……"

2008 年,他出任福建新华都实业集团总裁。

他年收入千万,身家过亿,被誉为"中国第一打工皇帝""中国首席 CEO""中国第一经理人"。

他就是传奇式的人物——唐骏。

唐骏靠什么管理理念不断地创造出令人羡慕的辉煌业绩呢?仁者见仁,智者见智,但他自己的总结与众不同,独树一帜。他认为,自己始终在坚持一个至关重要的管理理念,那就是:"让他人变得伟大。"其具体做法主要有两点:

首先,唐骏靠人格的力量"让他人变得伟大"。

唐骏领导的微软(中国)有一个不成文的规定——任何应聘者都需经过他的亲自面试。因为他要让每一个走进微软的人,从第一天起就能感受到公司领导对自己的器重与期待。

当唐骏发现,在微软(中国)经常有员工请三四个小时的假,去机场迎接看望他们的父母,但这在美国的管理制度中是不允许的。于是,他就想出一个办法:由员工自己接变为公司派人接,即用 60 元委托第三方的代理公司代表微软去接他们的父母。这样做,让公司节约了很大的成本,因为微软是以一分钟一美元计算成本的;这样做,让员工的父母感到高兴,感到子女在公司里很有面子,很有前途,公司对其子女很关爱;这样做,让员工感到满意,符合中国人的传统孝道,因而对公司更加忠诚,工作更加努力。

当唐骏发现,员工喝水不方便,他就派人在饮料室里放了免费供应的水、咖啡和酸奶等饮料;员工没时间交水电费或交通罚单,他就派人去交;员工洗衣服不方便,他就派人在楼下开了一家干洗店。中秋节,他不仅派人给每个员工发月饼,还免费为其父母亲人快递月饼,并附上他亲自写的慰问信。他说:“要让员工觉得公司就是一个家,都喜欢公司,进而激发出每个员工的潜能。”

2003 年,微软(中国)华南区总经理赵方要跳槽到苹果公司。她去意已决,当时唐骏正在澳大利亚开会。按照惯例,他只要尽力挽留,说一些客气和祝福的话,也就合情合理了。但他却在电话里问赵方:“你想好了吗?”

赵方回答说:“想好了。”

唐骏诚恳地说:“那你等我回来见上一面再走。”

赵方说:“真的没有必要,真的很感谢微软,很感谢唐总。”

赵方没有想到,唐骏放下电话便赶赴机场,乘飞机到了香港,再坐两个小时汽车到了广州。见到赵方,他并没有继续挽留她,而是和她聊天,谈生活,谈未来,谈广州的天气。半个小时后,唐骏又匆匆赶回澳大利亚开会了。

第二天,媒体纷纷报道:唐骏为了挽留赵方专程飞回国。这让赵方很有面子,也让苹果公司很有面子。唐骏很高兴地说:“虽然我辛苦了一点,但我要让她带着荣誉感离开。实际上,我也是做给苹果公司看的,让他们更加坚信自己挖到了一个真正的特别重要的人才。这样做,不仅对赵方以后的发展有利,而且更重要的是我要让每一个员工知道:公司一直在真心实意地关注每一个员工,一直关注到在微软的最后一刻。”

其次,唐骏靠制度的力量“让他人变得伟大”。

唐骏建立了公司的“优秀员工评选制度”,每年评两次,以在网上不记名投票的方式评选,选出 20 个“公司最优秀员工”。这个制度是对员工晋升最重要的考核,是公司内部最高、最权威的评价。未被评上过的员工,将失掉晋升的机会。

每个员工最在乎这个奖,即使最初对评选抱着无所谓态度的人也会改变,变得见贤思齐,变得有了争取获奖的冲动。就连很多副总拿到这个奖的时候,也是热泪盈眶。他用这个制度不断地激励员工:“你要努力地去拿到这个奖!”

无论是靠人格的力量“让他人变得伟大”,还是靠制度的力量“让他人变得伟大”,唐骏都是用“帮助他人”的做法来实现“让他人变得伟大”。当然,帮助他人就是帮助自己,就如同送人玫瑰,手有余香一样。

“帮助他人”的做法,在唐骏领导的公司早已深入人心,蔚成风气。凡是被评为“公司最优秀员工”的人,都是经常帮助他人的人。难怪很多新员工一进公司就会立刻惊讶地感到:“怎么那么多人愿意帮助我? 这在其他公司是很少见的。”

唐骏倡导的“让他人变得伟大”的管理理念,已经成为微软公认的七大企业文化之一。在微软召开的全球峰会上,唐骏激动地发现,每个与会者胸前的卡片上都写着同样的一句话:“Make Others Great(让他人变得伟大)。”

唐骏倡导的“让他人变得伟大”的管理理念,实质是共荣共赢的管理理念。有一次一位记者问他:“在你的名片上印有一句话:‘让他人变得伟大。’这句话一定有独特含义吧?”他对这个管理理念的解释既简洁,又深刻:“这就是说,你帮助他人进步了,你自己也就进步了;你帮助他人成功了,你自己也就成功了;你帮助他人伟大了,你自己也就伟大了。”

点评

也许我们不能都成为伟大的人,但我们每个人都可以用伟大的爱心去帮助别人。假如人人都做一点付出,人人都做一点好事,我们就能够改变世界。

赞美日记

去年秋天,金老师在讲授道德品质课的时候,请学生们讲讲关于父母或家庭的故事。可是,课堂上的气氛很沉闷,大多数学生都不愿意谈论自己的父母和家人,有的甚至愁眉不展。

为了打破这一僵局,金老师搞了一次关于学生们的家庭状况问卷调查。调查的结果令他感到震惊:

在40名学生中,因为家庭不和而不能同家人一起生活的学生有6人,占15%;对父母不满的学生有22名,占55%;认为家庭不和睦的学生有32名,占80%。导致家庭的不和睦的原因,主要是父母之间的性格差异、对金钱的不同态度,以及为指导孩子学习而产生的分歧。

怎样才能使学生们生活在一个和睦的家庭里呢?这成了金老师面前的一个现实而重要的课题。

金老师问学生们:"你们最想从父母那里听到哪些话?"

学生们的回答大同小异,绝大部分都是渴望听到父母的赞美:或是"你很棒",或是"我们相信你",等等。

金老师说:"既然你们都很渴望听到父母的赞美,那父母又何尝不想听到你们的赞美呢?我给你们留一个写赞美日记的作业,就是每天真诚地赞美一次父母,然后把当时的情形和父母的反应以日记的形式记录下来。

"赞美日记"起到了潜移默化的作用,学生们的家庭变了,变得和睦而融洽;学生们也变了,变得关心别人,变得心存感激。李玉芬同学写的赞美日记,就是反映这种变化的一个典型。

李玉芬同学是一个漂亮的女生,学习成绩不是很突出,没有特长,在班里并不引人注目,但有毅力,能坚持,赞美日记写得很真实,很感人。

第一天赞美日记的简要内容是:

她对正在准备晚饭的妈妈赞美道:“妈妈,今天的饭闻起来特别香。”

父母的反应是:“你吃错药了吧!”

第二天赞美日记的简要内容是:

她对早下班的妈妈说:“妈妈早回家真好!”

妈妈却反问道:“为了让你更开心,我每天应该几点回家啊?”

第三天赞美日记的简要内容是:

她感谢妈妈每天为自己准备盒饭,说:“妈妈辛苦了,谢谢妈妈!”

母亲的回应是:“你觉得妈妈只是个会准备盒饭的人吗?”

第四天赞美日记的简要内容是:

她看到父母因为小事吵架时,为了缓解气氛,让父母消消气,便说:“爸妈偶尔斗斗嘴还挺有意思。”

结果母亲却斥责道:“我们怎么做才能让你觉得更有意思?”

第五天赞美日记的简要内容是:

她看到爸爸和妈妈和好了,就说:“你们不生气了,我也高兴了。”

母亲却说:“你还是先管好自己吧。”

……

这样的赞美日记使李玉芬同学感到很伤心,总是想:“快别再说这些没用的废话了,还是抓紧时间学习吧。”尽管如此,她还是按老师的要求坚持把赞美日记写了下去。

当写到了第二个月的时候,父母的反应发生了明显的变化:他们开始对女儿的赞美报以微笑,还经常夸奖自己的女儿。加班晚归的父亲,会从女儿的赞美中感到温馨和满足。全家人一起晚餐的时候,也有了气氛祥和的对话。

有一天,李玉芬看着妈妈强忍病痛却总是对自己微笑,就说:“妈妈,太疼的时候就哭出来吧,您已经为我们付出了很多很多。”妈妈听后,眼睛里闪着泪花,但还是笑了。

两个月之后,妈妈还给女儿写了这样一封信:“亲爱的女儿,我们家毛毛躁躁的玉芬原来已经长大了。听到你的赞美,妈妈反而觉得自己变成了孩子。这段时间每天听着你的赞美,我们感到女儿是这么的善良,这么的坚强,这么的努力向上。心爱的女儿，我们为你而感到欣慰和骄傲。"

李玉芬读着从妈妈那里收到的生平第一封信，热泪盈眶，嘴角浮起了微笑，是那么的幸福与美丽。她在给妈妈的回信中说："写赞美日记之后，家里逐渐充满了欢笑。即使被父母责骂了，委屈了，我也不会恼火了。因为我感到你们很辛苦，也看到了自己的不足。爸爸妈妈，我永远爱你们！"

点评

赞美是表达对人欣赏的有效途径，渴望得到赞美是人性的深刻需要。一次真诚的赞美，能使人终生不忘；一句鼓励的赞美，能使人勇往直前；就连一声诚挚的致谢，也能使人如沐春风……不要吝惜赞美，一定把赞美坚持下去。要相信，真诚的赞美之花一定会结出丰硕的和谐之果。

让床的巨大收获

美国现任总统小布什，对其前任总统克林顿颇为嫉妒。其中的缘由，除了老百姓更喜欢克林顿之外，还因为小布什的父亲——老布什夫妇也非常喜欢克林顿。弄得小布什只得自我解嘲："我父母现在最喜欢两个人，一个是我，另一个是克林顿。"

其实，以前的老布什总统也并不喜欢克林顿。他们分属共和党和民主党，曾经是一对势不两立的冤家对头。1994 年，在美国总统大选时，老布什饱受克林顿的攻击、嘲讽、揶揄，最后败在了这个毛头小子手下，颜面尽失。

也许有人会问："那克林顿究竟有什么魅力，居然能够让老冤家像喜欢儿子一样喜欢自己呢？"

答案很简单，让老布什深受感动的，只是一件克林顿让床的小事。

那是在 2005 年，东南亚发生了罕见的海啸，引发了震惊世界的灾难。3 月，克林顿作为联合国秘书长安南的特使，老布什作为小布什总统的特使，同乘一架专机到灾区慰问。当时由于疏忽，专机上只备了一张床。专机服务员甚感为难：是该让刚刚接受心脏手术的克林顿睡床，还是该让老布什睡床？

心中有数的克林顿早就观察到了这一点。晚上，他不顾自己正处于手术后的恢复期，坚持自己睡在地板上，恳请 80 岁高龄的老布什睡在床上。这成为国际媒体的一个美谈，也让老布什大为感动。从此，坚冰开始融化，他们两人的关系逐渐亲密，后来竟然发展到情同父子的程度！

老布什和克林顿日益亲密的友好关系，也大大影响和改善了小布什和克林顿的关系。后来，小布什多次敦请克林顿担任他的大使。

敬老者，人敬之。克林顿对老布什的尊敬和礼让，使冤家变成了朋友，使对手变成了助手，使争斗变成了双赢，这不能不说是敬老的巨大收获。

点评

把自己抬得很高，容易把自己摔得很重；把自己放得很低，容易把事业做得很大。古今中外，概莫能外。

第三辑　人格是命运的保护神

中国有句很有道理的老话：远敬衣裳近敬人。用通俗的话来说，一个人要长久地赢得别人的尊重，主要不是靠穿着打扮，而是靠修养与人格。

在这个世界上，无论是谁，如果坚持不懈地用伟大的爱去做小事，小事就会变得伟大，人格就会变得高尚。

莫言的幽默与低调

莫言原名管谟业，之所以给自己起了这个笔名是因为：小时候打架打不过别人，于是他就编顺口溜骂人。老师到家里告状，致使父母合伙暴打了他一顿。因此，他记住了祸从口出，言多必失。后来，他把名字里的“谟”字拆成了两个字用作笔名，以警示自己少说为佳。

莫言获得2012年度诺贝尔文学奖的消息公布后，立刻成了倍受关注的一个焦点。各大媒体的记者纷纷出动，或亲自上门，或电话采访……

令人敬佩的是：莫言以礼相待，不卑不亢，我行我素，无论是获奖后还是获奖前，都用幽默与低调的语言来回答各种提问。请看：

有记者问：“这次获得诺贝尔奖对你个人来说意味着什么？”莫言回答说：“对我个人而言，就是意味着我这段时间要接待你们。”周围的人哄堂大笑，他接着说：“我现在只希望快点从热闹喧嚣中解脱出来，记者们都回家，我也好继续创作。”

有记者问：“您认为您对人类精神的贡献在什么地方？”莫言回答说：“我对人类精神毫无贡献，我的贡献就是打破了作家的神秘感。大家看看，我这么一个熊一样的人，竟被说成‘中国著名作家’，对作家的神秘感和崇敬感，是不是顿时就会烟消云散呢？”

在北海道大学有人问：“得诺贝尔奖是不是作家的一种责任？”莫言回答说：“得诺贝尔奖并不是一种责任，没有任何一个作家有这种责任。”“我写作的最直接动力，刚开始的时候很低下，为了挣点稿费，买一块手表，回家去骗个媳妇。后来媳妇也骗到了，饭也吃饱了，衣服也穿好了，我想，这时候对小说艺术本身的追求就成了我写作的最大动力。”

随后，莫言借题发挥说：“我对北海道的向往，有很重要的一部分就是对温泉的向往。那里的温泉，我以前在电视上看过多次，有很多猴子在里面泡了以后，皮毛油亮，面色红润，我就非常羡慕它们。”“我泡一年温泉可以出两部小说，比猴子的收获也不差。”

有位主持人问：“您的小说其实走的是比较狂野的路线，肯定不是精致的路线，您对这个问题怎么看？”莫言回答说：“我们有一个形象的比喻，当这个世界所有的乌鸦都变成凤凰的时候，是多么的单调。所以我们要有凤凰，要有乌鸦，要有麻雀，要有孔雀，那才好看。当然，我是乌鸦。”

有位文学爱好者问：“对文艺创作中的‘意识流’一词该如何理解？”莫言回答说：“电影《红高粱》中那小孩在地上撒尿形成了轨迹，这流动的过程就叫‘意识流’。”此话让现场所有人笑得前仰后合。

有人问：“您的小说被改编成电影，有的地方与原著不符，您怎么看？”莫言回答说：“我不是鲁迅，也不是茅盾，导演想怎么改就怎么改，就算是把《红高粱》里的‘我爷爷’‘我奶奶’改编成在高粱地里实验原子弹，也与我无关。”

当许多记者盛赞莫言的作品时，莫言低调地说：“高粱地里出来的文章都是平常东西，有啥可说的。”

有朋友带领奥地利的莫言研究者去莫言的老家，莫言和父母一起迎接。见到有外国人来到家里，莫言说：“非常欢迎！我父母除了在日本鬼子进村的时候见过外国人，还没见过别的外国人呢。”

功成名就之后的莫言依然爱写打油诗，其中有两首很能体现他为人处世的特点。一首是《自嘲》：“读书从不求甚解，得理更愿让别人。谓我狂者不知我，俺本老实厚道人。”另一首是《真谛》：“世上本无事，庸人自扰之。富贵如浮云，功名皆虚拟。往昔是幻景，今朝似梦臆。心静如止水，正定求真谛。”

点评

莫言是一位老实厚道的诺贝尔文学奖获得者，是一位非常幽默与低调的诺贝尔文学奖获得者，也是一位境界高尚的诺贝尔文学奖获得者。

曾国藩三让同学

曾国藩是晚清的重臣,是很有影响的军事家、政治家、书法家和文学家,官至两江总督、直隶总督、武英殿大学士,封一等毅勇侯。他年轻的时候就极为重视道德修养,达到了难能可贵的境界。他三让同学的小事,就是脍炙人口的美谈。

曾国藩在长沙岳麓书院读书的时候,为了能有好的光线,就将自己的书桌放在了窗前。有一位同学的性情孤僻、暴躁,怒气冲冲地说:“我案头的光线被你挡住了,赶快挪开!”曾国藩心平气和地问:“你说,我的书桌应该放在哪里才合适呢?”那个同学用手指了指,说:“就放在那儿!”曾国藩不急不恼地说:“可以。”随后,他就将书桌放在了那个位置。

有一天晚上,曾国藩掌灯用功读书。那个同学又气急败坏、连讽刺带挖苦地说:“你白天读书还嫌不够,半夜三更地又如此吵闹,让我怎么睡觉?”曾国藩听后没有辩驳,立即改成了默读。

后来,曾国藩中了举人。传报到后,那个同学妒火中烧、恼羞成怒,说:“这屋子的风水本来是属于我的,反而叫你夺去了!如若不然的话,中举人的必定是我,而不是你!”

那个同学如此这般一而再,再而三地无理取闹,引起了同学们愤怒,纷纷替曾国藩抱不平。有的同学说:“书桌的位置是你叫曾国藩放的,你怎么还好意思怪罪人家占了你的风水呢?”那个同学强词夺理地说:“那就是夺了我的风水。”有的同学说:“你每天早睡晚起,不爱读书,曾国藩早起晚睡,常年苦读。你落榜了不找自己的原因,有什么理由迁怒于别人呢?”那个同学竟然要起了无赖:“我就迁怒他了,你敢把我怎么样?”有个同学咽不下这口气,走上前抓住那个同学的衣服,要揍他。此时,曾国藩赶忙阻止帮助自己的同学,和颜悦色地劝大家,还是要以同学的友情为重,且不可为一点小事而伤了和气。

从曾国藩的家书中可以看到,随着年龄的增长,阅历的增加,他对忍让的见解越来越深刻，越来越独到。他认为，人们遇到的绝大多数事情，都是可以忍让的，既可以忍辱负重，又可以让利于人。忍辱负重，可以解决自己的问题；让利于人，可以解决对方的问题。比较而言，忍是小境界，让是大智慧。让，有退让和进让的区别。退让是被动地让，是消极地让；进让是主动地让，是积极地让。相比之下，退让是小境界，进让是大智慧。曾国藩有一句名言，从中可以看出其忍让的博大胸怀："富贵功名皆人世浮荣，唯胸次浩大是真正受用。"

点评

其实在日常生活中，每个人都有可以学习之处，也都有可以宽容之处。学习别人的善辩，可以宽容他的狂肆；学习别人的公正，可以宽容他的刚直；学习别人的质朴，可以宽容他的愚滞；学习别人的耿介，可以宽容他的狭隘；学习别人的恭敬，可以宽容他的疏远；学习别人的诚实，可以宽容他的拘谨……如果只知争夺，不知退让，就无法成就大事。

才智需用谦虚镶嵌

清朝名臣左宗棠喜欢下棋，而且棋艺高超，很少碰到对手。

左宗棠在西征新疆途中，有一次微服出巡，在兰州街上看到一个摆棋阵的老人，其招牌上醒目地写着几个大字："天下第一棋手"。他觉得老人实在是过于狂妄，于是立刻上前挑战。没有想到，老人不堪一击，连连败北，原来只不过是徒有虚名而已。

左宗棠春风得意，命老人赶紧把那块招牌砸了，不得再夜郎自大、丢人现眼了！

光阴似箭。当左宗棠从新疆平乱回来的时候，看到老人依然如故，"天下第一棋手"的招牌照旧悬在那里，心里很不高兴，决心狠狠地教训一下不自量力的老头子！

左宗棠又跑去和老人下棋，但是出乎意料，这次自己竟被杀得落花流水，三战三败，难有招架之力。他不服，第二天再战，然而败得更惨。

他很无奈，惊讶地问老人："为什么在这么短的时间内，你的棋艺竟能进步如此地快？"

老人微笑着回答："大人虽是微服出巡，但我已得知你是左公，而且即将出征，所以存心让你赢，让你信心百倍地去建立大功。如今你已胜利归来，我便无所顾忌，也就不必过于谦让了。"

真是山外青山楼外楼，能人后面有能人。左宗棠听后，心服口服，深感惭愧。

无独有偶，历史有惊人的相似之处。清朝乾隆皇帝酷爱下棋。一天，他率大军出征边关，路过聚贤镇，见一宅院门楣上高悬"棋界大王"的金匾，心中不悦，遂令停辇传宅主回话。

一位七旬老翁到辇前跪下启奏："因喜对弈，村镇未逢敌手，故村民以匾相赠，望万岁海涵。"

乾隆听罢，对老翁说："愿同朕对弈吗？"

"小老儿岂敢同万岁对弈。"

乾隆说："下棋本是益智之事，朕不怪就是。"于是，乾隆入宅同老者对弈起来。只十几步，乾隆就占了上风，不一会儿，便把老者杀得片甲不留。乾隆冷笑责道："朕念你寿高，摘掉匾牌，不许再称'棋王'"。

老者伏地叩头请罪。

乾隆剿灭入侵之敌，班师回朝，又路经聚贤镇。见老者的牌匾重新油漆、书写，金光闪闪，气得七窍生烟，便传旨缚老者来问罪。老者坦然跪在辇前。

乾隆道："大胆刁民，牌匾为何重新油漆、书写！"

老者说："启禀万岁，小老儿自知欺君之罪，当灭九族。只是上次与万岁对弈输棋，是因为没有施展出真实本事，所以专候万岁凯旋回朝，小老儿冒死相请，再赌输赢。"

乾隆虽心中不高兴，但想到老者不服，也许真有绝技，不如再对弈。如果他输了，那时再治罪也不迟。于是，乾隆又与老者入宅对弈。

不过，这次是老者 12 岁的孙子与乾隆对弈。乾隆本想施绝技，速战速决，置小孩子于死地。没想到小孩出手不凡，只十几步就把乾隆杀的捉襟见肘。老者一边观看，一边担心孙子把皇帝"将"成死棋，不好下台。恰好此时一阵风把几片落花吹到棋盘上，老者乘拾花之机偷掉孙儿的一个棋子。聪明的孙子领悟爷爷的用心，故意走出破绽，让皇帝吃了二子，最后走成和棋。

乾隆连连称赞小孩的棋艺。当他得知小孩师从其爷之时，便道："前次对弈，为何输棋呢？"

老者回答："因万岁亲自出征，应每战必捷。小老儿宁可败棋，也要祝万岁棋（旗）开得胜，马到成功啊！"

乾隆暗叹："聚贤镇果然名不虚传！山野之民，竟如此通晓大义。"于是令人取来文房四宝，御笔亲书"棋界圣手"四个大字，以示奖赏。

老者的一番策划，既让乾隆暗悟"棋界大王"的厉害，又不伤及皇帝的体面。世事如棋，可知其功力之深。

点评

一个人的才智,其实是个变数。谦虚使一个人的才智增值,自负使一个人的才智贬值;谦虚使一个人的才智增色,自负使一个人的才智逊色;谦虚使一个人的才智更具魅力,自负使一个人的才智产生斥力。

下下人有上上智,上上人有下下智。才智就像是宝石,如果用谦虚来镶嵌,就会更加灿烂夺目。

首脑与小孩

英国前首相威尔逊与一个小孩有过一件趣事。

有一天，威尔逊为了推行其政策，在一个广场上举行公开演说。当时广场上聚集了数千人，突然从听众中扔来一个鸡蛋，正好打中他的脸，安全人员马上下去搜寻闹事者，结果发现扔鸡蛋的是一个小孩。威尔逊得知之后，先是指示属下放走小孩，后来马上又叫住了小孩，并当众叫助手记录下小孩的名字、家里的电话与地址。

台下听众猜想威尔逊是不是要处罚小孩子，于是开始骚乱起来。这时威尔逊要求会场安静，并对大家说："我的人生哲学是要在对方的错误中，去发现我的责任。方才那位小朋友用鸡蛋打我，这种行为是很不礼貌的。虽然他的行为不对，但是身为大英帝国的首相，我有责任为国家储备人才。那位小朋友从下面那么远的地方，能够将鸡蛋扔得这么准，证明他可能是一个很好的人才，所以我要将他的名字记下来，以便让体育大臣注意栽培他，使其将来能成为我国的棒球选手，为国效力。"威尔逊的一席话，把听众都说乐了，演说的场面也更加融洽。

也许有人会说，威尔逊是小题大做、故弄玄虚。但不管怎么说，他懂得从别人的过错中发掘长处，积极寻找具有建设性的建议，不仅让不愉快的事情随风而逝，而且还将坏事化为好事，帮助自己摆脱尴尬的境地。抛开其他而不论，多数听众认为，威尔逊对待小孩子的趣事，还是幽默与可贵的。

美国前总统里根与一个小孩也有过一件趣事。

1983 年 11 月 1 日，里根总统的办公室里请进了一位小客人。他叫比利，只有 7 岁。比利患了绝症，医生说他不会活过 10 岁的生日。但当时小比利心中却有一个美好的梦想——当美国总统。

里根总统得知此事后，决定让小比利当一天临时的美国总统，而自己则做这位"小总统"的助手。

里根向“小总统”详细介绍了日常工作和职务范围,随后就忠实地侍候在小比利的身边。部下呈上的文件,“小总统”都请里根参加讨论,取得一致意见后,请里根代签并盖章。

在办公之余,里根与“小总统”进行了友好的交谈。里根告诉比利,他自己7岁时,只梦想成为一名消防队长,还未曾想到过当总统。小比利听到这些很高兴,当然更让他高兴的是他终于“实现”了他的总统梦。

也许有人会说,里根是收买人心。但不管怎么说,他深知怎样与小人物相处,绝不会轻蔑、压制小人物。抛开其他而不论,多数人认为,里根对待小孩子的趣事,也能显示出他的非凡之处。

美国总统克林顿与一个小孩也有过一件趣事。

有一天,克林顿到医院探视病人,有一位小孩突然钻到他的身边。这个小孩不断地看着克林顿先生,什么话都不说。

就这样沉默了几秒钟之后,克林顿首先开口:“你有什么话要跟我说吗?”

“我想要你的签名!”小孩用洪亮的声音说。

克林顿情不自禁地露出微笑,拿起名片,很快地写上名字,正要交给小孩时,小孩又要求说:“我可以要四张吗?”

克林顿一脸笑意:“为什么要这么多张? 一张不够用吗?”

小孩回答他:“我要用三张你的签名去换迈克·乔丹的一张签名照,至于剩下的一张,我会妥善地收藏起来。”

克林顿总统并没有因此而不高兴,他接连拿出三张名片,都签上了名字,同时开朗地说:“我有一个疼爱的侄子,最喜欢迈克·乔丹,改天有空我也要帮他去换一张迈克·乔丹的签名照。”

也许有人会说,克林顿有绯闻,爱作秀。但不管怎么说,他深知应该对孩子有爱心,应该满足一个孩子的要求。抛开其他而不论,多数人认为,克林顿对待小孩子的趣事,还是能让人感到平易近人的愉快。

点评

高山离人们越近，就越显得高不可攀。真正明智的大人物，并没有这种高山的近距离效应。

谦和是从优秀到卓越必不可少的品质。用谦和来镶嵌才华，才华就更加灿烂夺目；用谦和来镶嵌勇敢，勇敢就更加所向无敌；用谦和来镶嵌人格，人格就更加具有魅力。

越谦和越接近高尚

黑格尔是学识渊博的德国大哲学家,也是极谦和的人。

对黑格尔来说,谦和已经成为一种习惯。那次朋友们聚会,一位朋友问他:“您一贯谦和的习惯是怎么养成的呢?”

他没有直接回答,而是讲了小时候的一件事:

有一天上午,父亲邀他一同到林间漫步,他高兴地答应了。

父亲在一个弯道处停了下来,专心地听了一会儿,问黑格尔:“孩子,除了小鸟的歌唱之外,你还听到了什么声音?”

他仔细地听了一会儿,自信地回答:“我听到了马车的声音。”

父亲说:“对,是一辆空马车。”

黑格尔惊讶地问父亲:“我们都没看见,您怎么知道肯定是一辆空马车呢?”

父亲答道:“从声音就能轻易地分辨出是不是空马车,因为马车越空,噪音就越大。”

从此以后,黑格尔将父亲的话牢记在心。每当要出现粗暴地打断别人说话的苗头时,每当要出现自以为是、贬低别人的苗头时,他都会想到父亲的提醒:“马车越空,噪音就越大。”

托马斯·杰弗逊是美国的第3任总统,也是极谦和的人。

1785年,他曾接替富兰克林出任驻法国大使。有一天,他去法国外长的公寓拜访。

“您代替了富兰克林先生?”外长问。

杰弗逊回答说:“不,我是接替他,没有人能够代替得了富兰克林先生。”

外长不解地说:“在我看来,您和他都是美国建国时期的伟大人物。流传千古的《独立宣言》就是由您执笔,经富兰克林先生修改而成的。你们两个人双峰并峙,交相辉映,互相尊重,亲密合作,是分不出高低上下的。”

杰弗逊又回答说:“不,我代替不了他。富兰克林先生除在思想、政治领域之外,在众多的其他领域也都取得了巨大的成就。在这个意义上说,确实没有人可以代替得了他。”

这使我想到了戈尔泰的一句话:“伟人多谦虚,小人多骄傲。”

乔·路易是纵横拳坛、打败众多高手的美国著名拳王,也是极谦和的人。

有一天,他和朋友骑车一起外出,在路上被一辆货车刮倒了。货车司机怒气冲冲地跳下车,强词夺理地把他们痛骂了一顿。

等货车司机走了以后,朋友纳闷地问他:“你为什么不用拳头修理修理那个无理取闹的混蛋?”

他微微一笑,幽默地说:“谦和基于力量,傲慢基于无能。如果有人侮辱了歌王卡罗索,你想一想,卡罗索会为他唱一首歌吗?”

乔·路易平时为人十分谦和,与赛场上的勇猛顽强判若两人,被人誉为“谦和的拳王”。

点评

谦和与高尚是近邻,谁越谦和,谁也就越接近高尚。谦和像一件神奇的衣裳,谁穿上它,谁就会变得更加俊美。

保持谦卑的心

有一天,苏格拉底和弟子们聚在一起聊天。一位老子相当富有的学生,趾高气扬地面向所有的同学炫耀:他家在雅典附近拥有一望无边的肥沃土地。

当他口若悬河大肆吹嘘的时候,一直在其身旁不动声色的苏格拉底拿出了一张世界地图,然后说:“麻烦你指给我看看,亚细亚在哪里?”

“这一大片全是。”学生指着地图洋洋得意地回答。

“很好!那么,希腊在哪里?”苏格拉底又问。

学生好不容易在地图上将希腊找出来,但和亚细亚相比,的确是太小了。

“雅典在哪儿?”苏格拉底又问。

“雅典,这就更小了,好像是在这儿。”学生指着地图上的一个小点说。

最后,苏格拉底看着他说:“现在,请你再指给我看看,你家里那块一望无边的肥沃土地在哪里?”

学生急得满头大汗,当然还是找不到。他家里那块一望无边的肥沃土地在地图上连个影子也没有。他很尴尬又很觉悟地回答道:“对不起,我找不到!

点评

任何人所拥有的一切,与有大美而不言的天地相比,与浩瀚无际的宇宙相比,都不如沧海之一粟,实在是微不足道。从历史的长河来看,不管我们拥有什么、拥有多少、拥有多久,都只不过是拥有极其渺小的瞬间。人誉我谦,又增一美;自夸自败,又增一毁。无论何时何地,我们永远都应保持一颗谦卑的心。

第一等学问

东汉时期，京城洛阳太学府是传授儒家经典的最高学府。学府里专事教学和解答疑问的人，个个都是饱学之士，其官职都被称为博士。

某年春节，太学府里一派喜庆气氛。博士们正忙着张灯结彩，装点校园，随时准备恭迎诏书。

太学府外面锣鼓喧天，显然是皇上派人来为博士们祝贺节日来了。来人宣读了诏书，博士们高呼“万岁”谢恩。诏书上说，皇上为了让博士们欢度春节，特意赐给博士们每人一只羊。

羊都被赶来了，但是大小不等，肥瘦不一。这可如何分发呢？太学府的长官们为此犯了难。

有人主张把羊儿统统宰杀之后分肉，肥瘦搭配，每人一份。有人嫌这样太麻烦，也显得不够大度，便提出用抓阄的方法，大小、肥瘦，全凭自己的运气碰，抓住小的、瘦的，也怨不着别人。又有人觉得宰了分肉和抓阄的办法也不尽合理，但又拿不出好主意。大家七嘴八舌地议论了一阵，仍然没有商量出一个十全十美的好办法。

就在这举棋未定之时，一向少言寡语的博士甄宇站起来说：“还是一人牵一只吧，也不用抓阄，我先牵一只。”

大家的目光都齐刷刷地望着甄宇，只见他走近羊群，左瞅瞅，右看看。此时，有人心里犯了嘀咕：这家伙肯定要挑一只又大又肥的。要是都争先把大羊牵走了，剩下的小羊给谁呀？甄宇瞅了一会儿，径直走到一只又小又瘦的羊儿前，牵了就走。

恭可释怒，让可息争。争之不足，让之有余。这样一来，那些不计较的博士们也像甄宇一样，牵了只小羊便走；就是想计较的博士们也不好意思争执了，反而你谦我让，每个人都高高兴兴地牵着一只羊回家去了。

这件事情后来传遍了洛阳，人们纷纷赞扬甄宇，还给他起了个绰号，叫“瘦羊博士”。

点评

人们都夸“瘦羊博士”有第一等学问，可什么才是真正的第一等学问？吕坤在《呻吟语》中说得简洁而中肯：“肯替别人想，是第一等学问。”

得意恭维的人易被支配

胡佛曾任美国联邦调查局的局长，为人心计颇多，很少有人能瞒骗过他。他曾规定，联邦调查局的所有特工人员都必须严格地控制体重，不准超标。那些大腹便便的特工人员都知道，一旦被胡佛局长发现，肯定没有好果子吃。但是也有一次例外，他手下的一名胖特工同他开了一个不大不小的玩笑。

有一天，这名胖特工得知自己将被提拔为迈阿密地区特警队的负责人，任职前胡佛局长要接见他，也就是要当面考察考察他。于是，这名胖特工开始绞尽脑汁地琢磨："我发福得这么厉害，怎么才能顺利通过局长接见这一关呢？"

工夫不负苦心人。胖特工在被胡佛接见之前，到街上买了一套衣服，号码比平时穿的要大得多。他穿上这套新买的衣服一试，非常满意。因为这给人一种假象，就是减肥卓有成效，至少已经减下四五千克分量了。

到了接见的时候，胖特工穿上这身大号衣服去见胡佛，一见面就感谢局长提出的控制体重的要求，一本正经地说："局长控制体重的指示太英明了！这简直就是救了我的命啊……"

胡佛听得沾沾自喜，仔细端详了一阵，不但没批评他，反而还连连夸奖，鼓励他继续带头瘦身。

就这样，胖特工顺利地过了关，如愿以偿地被到新岗位任职去了。

点评

若要人不知，除非己莫为。胡佛局长知道了事情的真相后，说了一句发人深思的话："谁越得意于恭维，谁就越可能被恭维者支配。"

谁都不能靠欺骗赢到底

环法自行车赛是全世界最著名的自行车公路赛，自 1903 年创办以来，除两次世界大战中止外，迄今已有 100 多年的历史。

现年 41 岁的兰斯·阿姆斯特朗，可以说是百年环法大赛中“前无古人”的传奇人物。他于 1992 年开始职业自行车运动员生涯；1996 年 10 月，在参加世界顶级公路赛时被诊断为睾丸癌，且已扩散，就连医生对其康复都不抱希望。但是，经过 12 个星期的化疗和一年多的停赛休养之后，他奇迹般地战胜了病魔，并于 1998 年 2 月重新回到了环法赛场上。从 1999 年到 2005 年，他连续 7 次夺得环法大赛的冠军，成为环法历史上史无前例的七冠王，成为自行车运动以及整个国际体坛上最具影响力的明星之一。

在创造环法奇迹的同时，阿姆斯特朗还致力于慈善事业。他创办的抗癌基金会，每年在全球范围的 65 个国家举办上千场慈善募集活动，筹集了近 5 亿美元的慈善基金，是所有体育明星基金会之最。基金会逐渐帮助了很多人，影响到世界的各个地区。他积极进行抗癌慈善活动，受到了无数人的尊敬与爱戴。

无限风光的阿姆斯特朗全身上下都是宝，从眼镜、自行车等各种装备公司的赞助商，到饮料、食品、制药等公司的赞助商，都争先恐后地与其签约。

令人遗憾的是，这位“抗癌英雄”和环法七冠王的荣誉与争议一直并存。从 1999 年第一次获得环法冠军起，他就一直被美国反兴奋剂机构调查。特别是在 2012 年 6 月 13 日，美国反兴奋剂机构正式对他提起诉讼。这意味着，他如果败诉，就将失去在自行车比赛中的所有冠军头衔，并将面临终身禁赛的处罚。

面对不断升级的调查，阿姆斯特朗言辞激烈地予以反驳。他说，所有指控都是毫无根据的恶意诋毁，所有的证词和证据都是用金钱买来的。他坚持，自己荣获的所有冠军都是干净的，绝对没有使用过有助于提高成绩的任何兴奋剂。特别是在 8 月 24 日，他发表声明，宣布主动放弃与美国反兴奋剂机构之间的抗争，但依然坚持自己是清白无辜的。他说:"我曾经赢得这项世界上最艰难、最有挑战性的比赛,没有人可以改变这一切!更没有人能把它收回去!"

针对阿姆斯特朗拒不承认的强硬态度,10 月 10 日,美国反兴奋剂机构公布了证据确凿的调查报告。该调查报告长达 202 页,还有长达 1 000 页的纸面证据,其中包括 11 名他以前的队友所提供的证据。该调查报告详细地描述了他那些触目惊心的行为:他不仅服用禁药,还用盐水做假尿样、逼迫他人服药、威胁证人等。该调查报告无可辩驳地证明:他不是"车王",而是"毒王"。

事态的发展急转直下,对阿姆斯特朗越来越不利。他能骗人一时,但不能骗人永远。10 月 17 日,也就是在抗癌基金会成立 15 周年的前夕,他辞去了抗癌基金会主席的职务。他无奈地表示,鉴于近况,已经无法再继续出任该基金会主席一职。

就在这一天,耐克公司率先与阿姆斯特朗解约,并指控他欺骗赞助商多年。紧接着,多年来一直支持他的众多公司和赞助商,又争先恐后地宣布:与他解约,并将会把他的形象从产品包装中去掉。

10 月 22 日,国际自行车联盟主席帕特·麦克奎埃德在瑞士日内瓦宣布,支持美国反兴奋剂机构的决定,对阿姆斯特朗给予终身禁赛的处罚,并剥夺他获得的 7 个环法自行车赛冠军。他说:"我感到很遗憾,阿姆斯特朗将永远地与自行车说再见了,在自行车界已经没有立足之地了。"如果一项运动一直以来的英雄都是一个服用禁药而构成的谎言,那么这项运动确实令人担忧。与此同时,环法大赛组委会要求他,无条件地归还夺得 7 届环法大赛冠军的 385 万美元奖金。

国际自行车联盟的宣布,使环法七冠王、抗癌英雄和美国偶像的传奇故事,以众叛亲离和千夫所指的悲剧结束了,但其从辉煌到崩溃的过程却格外发人深思。

点评

荣耀是一匹烈马，如果用诚信驾驭它，就可以奔腾万里；如果用谎言驾驭它，就必将身败名裂。

有的人能在一些时间欺骗所有人，有的人能在所有时间欺骗一些人，但没有人能在所有时间欺骗所有人。不管是谁，都不能靠欺骗赢到底。

诚信是人生的命脉，是一切真善美价值的根基。一个人如果失去了诚信，就意味着将失去一切。贝多芬说得好："即使为了国王的宝座，也永远不要欺骗。"

165 张字条

沈阳市有位送奶工，名叫王秀珍，38 岁，来自内蒙古的贫困农村。每天凌晨 3 点，她到奶源地取奶，然后向自己负责的居民小区送奶，早 8 点之前把奶全部送到 165 家订户的手中。在这 5 个小时里，她一直紧张地奔忙着。她对每月 1 300多元的收入感到很知足。除了做送奶工之外，她还在九路市场的一家饭店做小时工。

2009 年 11 月 29 日早晨，正在忙于送奶的王秀珍突然接到内蒙古老家的报丧电话：75 岁的父亲因病去世了。她忍痛坚持送完了当天所有的牛奶之后，准备回家奔丧。她利用等车的时间，手写了 165 张暂停送奶的字条：

“对不起，我爸死了，从 11 月 30 日到 12 月 6 日停止送奶，12 月 7 日开始送奶。送奶工。”

然后，王秀珍叮嘱 17 岁的儿子，不要怕冷，不要怕辛苦，务必利用课余时间将这些字条连夜张贴到订奶户的门前。

第二天，离开沈阳远在内蒙古的王秀珍得知，因为儿子对订奶户的住址不熟悉，有一些订户没有得到通知后，立即拨打长途电话挨户通知。

12 月 7 日凌晨，奔丧归来的王秀珍准时赶到了奶站，然后又披星戴月、冒着严寒，一如既往地为订户送去了牛奶。为此，她被订奶户誉为“最敬业的送奶工”。

思想敏锐的记者无意中看到了王秀珍写下的字条，从中看到了她敬业爱岗、诚实守信、勤劳善良的好品德。当记者得知王秀珍回沈阳后，立刻前去采访了她。记者问：“你一个人起早摸黑送奶，不害怕吗？”

她说：“怕？我从来没有想过。我一到小区，满脑子里想的全是‘这个小区谁家订奶了？’‘订的是什么样的奶？’‘有没有漏送的奶？’”

“为了生活，你一天干两份工作，累不累？”

“能不累吗？有时候累得自己偷着哭。在外面忙活，回家还得照顾孩子。尤其是冬天，在早上送奶的路上，电动车坏了，三四点钟，整个马路上一个人都没有，想找个帮忙的人都找不着。我想给孩子打电话，可又怕影响孩子上学。我一边哭一边推着电动车往前走，心里想，订奶户还等着早晨喝奶呢。不过现在好多了，大家越来越信任我，订奶的钱从开始交10天的，已经变成交一年的了。我的订奶户，现在已经有167户了。看到这些人对我的信任，我挺高兴的。只要大家信任我，支持我，再苦再难我也能挺住。”

……

《沈阳晚报》连续报道了“最敬业的送奶工”的事迹后，引起了社会的极大关注。12月13日，中央电视台新闻频道用6分多钟播出了她的事迹，人民网、新华社等300多家媒体也相继参与报道。一时间，王秀珍成了新闻人物，成了“敬业与诚信”的代名词。

一些好心人纷纷给报社打电话，表示愿意给王秀珍提供薪水较高、劳动强度较低的工作。其中的一位女士给报社打电话说：“王秀珍的这种精神真的太让人感动了。送奶的工作就挺艰辛挺苦的了，但为了孩子，她还要到饭店做小时工。她太苦了，我想请她来我家做保姆，一个月2 000元，吃住在我家。这样，她就不用在外面租房子住了，也就可以不用付那么多辛苦了。”

当记者将这些信息转告给王秀珍时，她婉言谢绝道：“谢谢所有的好心人！我挺喜欢干这行的，虽然是苦了点，但大伙给的信任也挺多的，我能挺住。另外，儿子虽说上大学，但他是走读生，每天都得回家住。如果我去当保姆，孩子就不方便了。我没什么文化，有这个工作就不错了。”

有一位网友留言说：“她在父亲去世、悲恸万分的时刻，还能想到为165户人家送奶的责任，这彰显出她的敬业、诚信、善良与爱心！”

还有一位网友留言说：“感动沈阳不一定非有什么惊天动地、举世瞩目的壮举不可，有时候只需一张简短的字条，只需为他人准时地送上一杯牛奶，只需给他人留下一个匆忙的背影。”

众多网友还一致推荐王秀珍为2009年度“感动沈阳”十大人物的候选人。

2010年1月18日，2009年度“感动沈阳”十大人物评选揭晓，送奶工王秀珍的得票名列榜首。写给她的颁奖词是:用 165 张字条,与 165 个订户真情相连。在别人沉浸在梦乡的时候,她正在一个人的长征中,在家家户户中传递真情。她就是一个普普通通的送奶工,可今天,她却成了一段城市佳话,一朵绽放的沈阳玫瑰。

点评

绝大多数人都是平凡的人,在平凡的岗位,做平凡的工作,干平凡的事情。但对工作的不同态度:或一心一意,或三心二意;或充满热情,或不冷不热;或专注投入,或冷漠淡然,其最终的结果往往有天壤之别。如果我们乐在工作,乐在平凡,能够把平凡的工作做到极致,那就会使平凡变为非凡。

镶在相框里的1元5角钱

2010年5月24日,在亲友的陪伴下,87岁的吕绍国老人为了偿还58年前欠房东的伙食费,随身携带人民币1万5千元,来到了六安市金寨县青山镇抱儿山村颜湾居民组葛承先的家。

今年44岁的葛承先做梦也没有想到,从没有见过面的吕绍国老人竟然是专程来此给自己还1万5千元的伙食费。这意外之财让他感到很突然,很茫然,一时摸不着头脑。

于是,吕绍国老人和亲友一起向葛承先介绍了为什么来还钱的来龙去脉。

那是1953年3月,吕绍国被领导派到金寨县抱儿山村参加《新婚姻法》宣传队的工作。当时,他在一位姓葛的村民家中住了近一个月。

3月28日上午,吕绍国接到单位的紧急通知:马上回去参加会议。出乎意料的是,会议结束后领导告诉他,由于工作需要,上级决定解散《新婚姻法》宣传队。你不要回到抱儿山村了,组织上派你立刻到一个新地方去开展新的工作。

当时吕绍国回单位参加紧急会议走得太匆忙,更没有想到自己会离开抱儿山村,结果有5天的伙食费没来得及交给房东。那时候大米是0.088元一斤,鸡蛋0.02元一个,他每天应支付的伙食费为3角钱,5天合计是1元5角。

后来,吕绍国曾几次托人将伙食费带回抱儿山村,但都没有找到姓葛的房东。

随着吕绍国的年事渐高,欠房东的1元5角钱就越来越成为他难以释怀的一块心病。步入耄耋之年的他时常担心,自己在有生之年不能了却这桩心愿。

不久前,吕绍国打电话跟亲友说,想再到抱儿山村找寻那位葛姓房东。于是在亲友的陪伴下,吕绍国又一次来到村里。他经过多方询问当地的老人最终了解到,当时的房东叫葛立会,已于40多年前去世了。如果他健在,应该有90多岁了。目前,只有房东的孙子葛承先还住在该村,爱人叫李鑫,有一女儿,家庭生活比较困难……

介绍了为什么要还钱的来龙去脉之后，吕绍国老人拿出早已准备好的1万5千元交到葛承先手里，诚恳地说："当年，我欠了你爷爷1元5角钱的伙食费，没来得及还。58年过去了，本息累计，应该是一笔不小的数目。人死债不死，今天我特意来把这些钱还给你，也了却我的一桩心愿。"

葛承先的眼睛湿润了，连忙把递过来的钱又装回到吕绍国老人的衣袋里。他动情地说："吕爷爷，58年前的人情至今您还记着，现在像您这样的人可不太多啊！您老人家这么大年纪来，用1万5千元还当时的1元5角钱，您的诚心让我们做晚辈的承受不住啊！您能来一趟，我们家里人都很高兴，但是这个钱我不能收。就是我爷爷今天还在世，他也绝不会收下这些钱的。谢谢您了，您老人家的心意我领了。"

吕绍国老人铁了心，非要让葛承先收下这1万5千元不可。他说："这钱你们不收下，我就永远不安心。只有你们收下了，我才能高高兴兴地回去，才能了却这半个多世纪的心愿。"

葛承先和爱人坚决不肯，说："吕爷爷，如果实在非收不可的话，那就只收1元5角钱好了。我们把这1元5角钱裱在相框里，永远保存着，教育后代永远记住您的高尚品德，让诚信世世代代、永远流传。"

双方僵持了好一阵之后，葛承先和爱人李鑫最终只收下要裱在相框里的1元5角钱纸币。

有位知情的记者建议，这个裱钱的相框用下面的话做底衬："诚信是立人之本，诚信是齐家之道，诚信是处世之宝，诚信是经商之魂，诚信是为政之基。"

点评

诚信如真金美玉，狡诈如败絮瓦砾。如果说世界上最深不可测的地方是人心，那么最能震撼人心的力量就是诚信。

诚信，是人性中的珍宝，古今中外的人们都格外看重这个珍宝，渴望这个珍宝能世世代代地传承下去。

人性中的珍宝

吴起是战国前期的一位著名军事家。他才华横溢、文武双全，曾做过将军、大夫、相国。但是，无论在如何显赫的位置上，他都能以诚待人。

有一天，功成名就的吴起骑马外出办事。在大街上，他看到一个人，很像儿时的好友韩熊，便试探着喊了一声："韩大哥！"那人听到有人叫自己，就转过头来，看了半天，才认出吴起。

"果然是你！"吴起非常高兴，跳下马，握着韩熊的手久久不肯松开。两个少年时代的最好朋友，20 多年后再相遇，自然倍感亲切。闲谈中，吴起了解到，韩熊正在这一带做皮货生意，便热情地邀请他到自己家里做客。韩熊说，眼下正急着去处理一批货物，实在脱不开身。于是，吴起请他办完事情之后，一定到自己家里吃晚饭，并详细地说明了自己家的住处。韩熊盛情难却，也就答应了。

吴起回家后，吩咐厨师准备了丰盛的酒菜，兴致勃勃地期待韩熊的到来。可是，等啊等啊，一直等到天黑，韩熊还是没有来。夜深了，吴起知道韩熊不会来了，只好上床睡觉，但始终没动桌上的饭菜。

原来，韩熊心想："今非昔比，吴起现在的地位这么高，请自己吃饭可能只是一句客套话，还是不当真为好。"

第二天一早，吴起派人去请韩熊。当韩熊得知吴起为了等他一夜没有吃饭时，深受感动。

同吴起请人吃饭的小事一样，巴顿寄烟的小事也深入人心，广为流传。

第二次世界大战期间，有一次巴顿将军参加盟军的一个高级军事会议。会议开得时间很长，巴顿抽光了自己随身携带的雪茄烟，不得不向海军助理乔治·布彻中校要烟。布彻很敬重巴顿，大大方方地将烟盒放在桌上，请他随便用。巴顿的烟瘾特别大，一支接一支，将布彻的烟也都抽光了。

会议结束后，巴顿将军一本正经地对布彻中校说："谢谢你！烟的味道真是好极了！以后我一定会给你寄一些烟。”

布彻中校只是开心地笑了笑，根本没有当真。他想：“巴顿将军肩负重任，日理万机，怎么可能会给我寄烟呢？”

过了几年，第二次世界大战结束了，布彻中校早已将巴顿寄烟的事情忘到了九霄云外。没想到，有一天，他突然收到从美国寄来的一箱上好的雪茄烟。原来，巴顿好不容易才打听到布彻的地址，真的把烟寄来了。布彻十分感动，想不到巴顿随口说的一句话，竟能牢记在心，认真兑现。因此，他逢人就夸：“巴顿将军是个可以信赖的人。”

点评

一顿饭和几盒烟，本来是微不足道的区区小事，可为什么会经久不衰流传至今呢？是诚信。诚信，是人性中的珍宝，古今中外的人们都格外看重这个珍宝，渴望这个珍宝能世世代代地传承下去。

在冠军与诚实中选择

在华盛顿举办的美国第四届全国拼字大赛中，南卡罗来纳州冠军——11 岁的罗莎莉·艾略特一路过关，进入了决赛。当她被问到如何拼“招认”(avowal)这个字时，她轻柔的南方口音，使得评委们难以判断她说的第一个字母到底是 A 还是 E。

评委们商议了几分钟之后，将录音带倒带后重听，但是仍然无法确定她的发音是 A 还是 E。

解铃还得系铃人。最后，主审约翰·洛伊德决定，将问题交给唯一知道答案的人。他和蔼地问罗莎莉：“你的发音是 A 还是 E？”

其实，罗莎莉根据他人的低声议论，已经知道这个字的正确拼法应该是 A，但她毫不迟疑地回答，她发音错了，字母是 E。

主审约翰·洛伊德又和蔼地问罗莎莉：“你大概已经知道了正确的答案，完全可以获得冠军的荣誉，为什么还说出了错误的发音？”

罗莎莉天真地回答说：“我愿意做个诚实的孩子。”

当她从台上走下来时，几乎所有的观众都为她的诚实而热烈鼓掌。

第二天，有一篇报道这次比赛的短文：《在冠军与诚实中选择》。短文中写到，罗莎莉虽没赢得第四届全国拼字大赛的冠军，但她的诚实却感染了所有的观众，赢得了所有观众的心。

点评

巴尔扎克说的好：“一清如水的生活，诚实不欺的性格，无论在哪个阶层里，即使是心术最坏的人，也会对之肃然起敬。”

守时就是信誉

1779年,德国哲学家康德计划到一个名叫珀芬的小镇,去拜访老朋友威廉·彼特斯。康德动身前曾写信给彼特斯,说自己将于3月2日上午11点之前到达。

康德3月1日就赶到了珀芬小镇,第二天早上租了一辆马车前往彼特斯的家。老朋友的家住在离小镇12英里远的一个农场里,小镇和农场中间隔了一条河。当马车来到河边时,细心的车夫说:"先生,实在对不起,不能再往前走了,因为桥坏了,很危险。"

康德下了马车,看了看桥,中间的确已经断裂了。河面虽然不宽,但水很深,而且结了冰。

"附近还有别的桥吗?"康德焦虑地问。

车夫回答说:"有,先生。在上游6英里远的地方还有一座桥。"

康德看了一眼怀表,已经9点半了。

"如果赶那座桥,我们以平常速度什么时候可以到达农场?"

"我想大概得12点钟。"

康德又问:"如果我们经过面前这座桥,以最快速度什么时间能到达?"

车夫回答说:"最快也得用40分钟。"

康德跑到河边的一座很破旧的农舍里,客气地向主人打听道:"请问你的这间房子要多少钱才肯出售?"

农妇大吃一惊:"您想买如此简陋的破房子,这究竟是为什么?"

"不要问为什么,您愿意还是不愿意?"

"那就给200法郎吧!"

康德付了钱,说:"如果您能马上从破房上拆下几根长木头,20分钟内把桥修好,我将把房子还给您。"

农妇把两个儿子叫来,让他们按时修好了桥。

马车平安地过了桥,飞奔在乡间公路上,10 点 50 分康德赶到了老朋友的家。

在门口迎候的彼特斯高兴地说:“亲爱的朋友,您可真守时啊!”

康德在与老朋友相会的日子里,根本没有对其提起为了守时而买房子、拆木头过河的经过。

后来,彼特斯在无意中听到那个农妇讲了此事,便很有感慨地给康德写了一封信。信中说道:“您太客气了,还是一如既往地守时。其实,老朋友之间的约会,晚一些时间到是可以原谅的,何况您还遇到了意外。”

一向一丝不苟的康德,在给老朋友的回信中写了这样的一句话:“在我看来,无论是对老朋友,还是对陌生人,守时就是信誉。”

点评

用信誉铺成的路,越走越宽阔;用信任织成的网,越用越结实。谁能赢得多少信誉,谁就能获得多少利益。

乒乓绅士

2007 年 5 月 26 日下午,我在家里看中央电视台直播的第 49 届世界乒乓球锦标赛。男子单打四分之一决赛,即中国选手马琳与白俄罗斯选手萨姆索诺夫的对阵,进行得异常紧张而激烈。马琳排名世界第一,萨姆索诺夫排名世界第六,两强相遇,龙争虎斗,自然格外引人注目。

比赛战至第二局,双方争夺得不相上下。当比分打到 4∶4 的时候,马琳一记凶猛扣杀,萨姆索诺夫奋力救球。尽管球没有落到台面上,但刚好擦边。

即使是一个优秀的裁判员,也不可能绝对避免错判。大概是球速太快,导致裁判员看错了,结果判萨姆索诺夫得分。

马琳十分客观而温和地向裁判员示意,球擦的是球台的下边,得分的应该是自己。

萨姆索诺夫也真诚地向裁判员示意,自己不该得分。

后来,镜头反复回放,球的确是擦在了球台的下边,但不知什么原因,裁判员依然坚持了原始判决。

马琳无奈地摇了摇头,但表示服从裁判。观众席上出现了一片唏嘘,一阵骚动。

接下来,轮到马琳发球。就在此时,一幕戏剧性的场面出现了。所有观众都清楚地看到:萨姆索诺夫在完全可以接好发球的条件下,故意将发过来的小球轻轻地推到了网下!

心照不宣,萨姆索诺夫用这种“自杀”输球的方式,不仅抵消了裁判员错判给自己的一分球,回赠了马琳一分球,而且维护了比赛的公平。

眼睛雪亮的全场观众,立即对萨姆索诺夫此举报以经久不息的热烈掌声。那掌声,显然是向萨姆索诺夫的高尚人格致敬!马琳也对他连连点头致意。

机敏的电视转播解说员立即做出了十分简洁且精彩的评论:乒乓绅士!毫无疑问,萨姆索诺夫是当之无愧的乒乓绅士!

不错,萨姆索诺夫的绅士风度,表现在他对对手的高度尊重,表现在他对输赢的超然态度,表现在他对体育公平性的无私捍卫,表现在他对自己人格的自觉坚守。

面对经久不息的热烈掌声,谦和的萨姆索诺夫只是礼貌地笑了笑,几乎看不出其他的任何表示,但是人心如秤,人心如镜:在乒乓绅士看来,友谊重于比赛,操守重于胜负,公平重于名利,品格重于奖牌。

5 月 27 日,当第 49 届世界乒乓球锦标赛即将落下帷幕之时,大家看到了一个众望所归、深得人心的场面:体育道德风尚奖颁给了乒乓绅士——白俄罗斯名将萨姆索诺夫。

事后,萨姆索诺夫说了很简短、很朴实的感言:“我不知道这样消极比赛是不是好,毕竟每个运动员追求的都是胜利。但是我知道,也追求一种公平竞争的环境。”

点评

美德高于胜利,因为胜利是暂时的,而美德却能流芳千古。

因抄袭论文而辞职的总统

现年70岁的施密特·帕尔,年轻的时候是匈牙利的著名击剑运动员,在1968年和1972年两次获得过奥运会男子重剑团体比赛金牌,为国家争得了殊荣。35岁退役后,他出任匈牙利奥委会主席和国际奥委会副主席。

2001年,施密特·帕尔竞选国际奥委会主席失利后转向国内政坛,出任匈牙利驻西班牙大使和瑞士大使。2010年5月14日,他出任匈牙利国会主席。2010年6月29日,施密特·帕尔以执政党青年民主主义者联盟候选人的身份参加了匈牙利总统选举,并顺利当选。在当时看来,他当选为总统,可谓人心所向,众望所归,顺理成章,水到渠成。

可是,好景不长。2012年1月,突然有人在新闻网站上曝光了施密特·帕尔的丑闻:他20年前的博士论文纯属抄袭。但是,他坚决否认,声称即使博士学位没了,也决不会低头认错。

一波未平,一浪又起。3月27日,施密特·帕尔的母校——视学术尊严为最高价值的匈牙利泽梅尔魏斯大学,公正、客观地公布了调查结果:施密特·帕尔在长达200多页的现代奥运会历史以及演变的博士论文中,不仅抄袭了德国和保加利亚学者的论文,而且有多处是"逐字逐句"的抄袭。该大学最高权力机构通过投票,决定撤销他1992年获得的博士学位。这种做法意味着忍痛割爱、挥泪斩马谡,意味着从其"校友榜"中永远删除了这位百年一遇的"总统校友"。

抄袭事件使施密特·帕尔总统遭到了匈牙利社会各界人士的批评,在野党更是抓住不放,强烈地要求他立刻下台,痛痛快快地让出总统的宝座。广大民众也不能容忍一个有抄袭行为、失去了诚信的总统,纷纷予以遣责。

4月1日,施密特·帕尔针对母校剥夺自己博士学位的决定和在野党要求他辞职的呼声,公开发表了针锋相对的声明。他强调说,在博士论文问题上,自己问心无愧。他认为,只有法院才有资格撤销他的博士学位。因此,他不仅不会辞职,而且还将起诉撤销他博士学位的泽梅尔魏斯大学最高权力机构。他辩解说,抄袭毕竟是20年前的学术问题,并不是在总统的位置上以权谋私,这与当不当总统早已没有任何干系。

但是谁也没想到,施密特·帕尔一觉醒来之后就彻底转变了态度。也许是他突然醒悟了:谁也不能靠谎话赢到底。即使是总统,也不能用谎言让生命开出灿烂的鲜花。4月2日,他神色黯然地走出了总统办公室,到匈牙利国会的会议上发表了辞职讲话。他说:"为了国家利益,总统必须能给匈牙利国家带来团结。我不幸成为一个分裂的象征,我感觉有责任辞去总统的职务。"他还说:"抄袭旧事有损于总统形象,唯有辞职才能恢复总统之价值。"这就是说,为了避免抄袭事件造成民族分裂,也为了维护总统的国家形象,他决定辞职,提前3年多结束自己的总统任期。他的这个转变,无疑是明智的转变。

得道多助,失道寡助。即使是由执政党青年民主主义者联盟和执政伙伴"基民党"绝对控制的匈牙利国会,也只能以338票对5票的投票结果,批准了总统施密特·帕尔的辞呈。国会同时决定,在新总统就职之前,总统的职权由国会主席克韦尔·拉斯洛行使。

此时,施密特·帕尔在任期5年的总统位子上才刚刚坐满一年半的时间。他成了匈牙利近15年以来,第一个没有任满一届就中途被迫下台的总统。这样一位曾经辉煌过的"功勋人物",却因一桩20年前的论文抄袭事件而身败名裂,过早地葬送了自己的政治生命。

福不双至,祸不单行。由于施密特·帕尔是现任的国际奥委会委员,所以国际奥委会也很关注此论文抄袭事件。国际奥委会新闻发言人马克·亚当斯对此事件表态说,国际奥委会将认真调查此事,然后再研究决定如何采取措施。

施密特·帕尔总统因抄袭论文而辞职之后,多家媒体发表了评论。其中有这样一段话:

诚信,是私德的精华,是公德的基础,是可靠的根本,是存在的价值。一个人如果失去了诚信,就等于失去了私德的精华;一个社会如果失去了诚信,就等于失去了公德的基础;一个政党如果失去了诚信,就等于失去了可靠的根本;一个总统如果失去了诚信,就等于失去了存在的价值。

点评

诚信不是一切,但如果失去了诚信,就意味着将失去一切。

人格是命运的保护神

1970 年 12 月 6 日,波兰的首都华沙寒气逼人。来访的联邦德国总理勃兰特向华沙无名烈士墓献完花圈之后,来到华沙犹太人殉难者纪念碑前的广场。突然,他双膝着地,跪在了纪念碑前!他是向第二次世界大战中被德国纳粹屠杀的 510 万犹太人表示沉痛哀悼,为纳粹时代德国所犯下的罪孽深感负疚,虔诚地认罪赎罪。勃兰特此举震惊了世界,尤其震撼了德国人的灵魂。当时的民意调查显示,有 80% 的德国人非常赞赏此举,认为这种出乎意料的方式更充分地表达了德国人悔罪的诚意。此举也赢得了波兰人民的理解和信任,认为它为“结束一段充满痛楚与牺牲的罪恶历史”迈出了重要的一步。有媒体评论说,德国的总理跪了下去,德国的形象却高了不少。1971 年的诺贝尔和平奖授予了勃兰特。

1976 年 1 月 8 日,周恩来逝世。9 日凌晨 5 点,联合国总部大厅的联合国大旗降了半旗,所有联合国会员国的国旗都不升起。这在联合国从无先例。因此,有的国家大使提质问:我们国家的元首去世,联合国大旗依然升得那么高,中国的第二首脑去世,联合国降半旗还不算,还把其他国家的国旗收起来,这是为什么?当时的联合国秘书长瓦尔德海姆说:“为了悼念周恩来,联合国下半旗,这是我的决定。原因有二:一、中国是个文明古国,她的金银财宝多得不计其数。可是她的总理周恩来在国际银行没有一分钱的存款!二、中国有 10 亿人口,可是她的总理周恩来没有一个孩子!你们任何一个国家元首,如能做到其中一条,在他去世时,总部也可以为他降半旗。”全场人默然。

阿根廷政府最近做出一项特别决定,向在第二次世界大战期间做出过重要贡献的辛德勒遗孀埃米莉·辛德勒夫人每月提供 1 000 美元的生活补贴,以使这位老人安度晚年。埃米莉·辛德勒夫人在第二次世界大战期间,曾与丈夫一起冒着生命危险从德国法西斯集中营里救出 1 200 名犹太难民。他们的这段传奇经历,后来被美国导演斯皮尔伯格搬上银幕。电影《辛德勒的名单》真实、成功地记录下了这段历史，荣获奥斯卡大奖，辛德勒夫妇的事迹也因此被世人广泛传颂。第二次世界大战结束后，辛德勒夫妇于 1949 年来到阿根廷首都布宜诺斯艾利斯的圣维森特区定居。1974 年丈夫去世后，独居此地的埃米莉因缺少收入来源，经济开始拮据，生活困难。阿根廷的内政部长科拉奇在总统府接见了埃米莉·辛德勒夫人，并向她宣布了这项由梅内姆总统特批的决定。

在重大的历史事件面前，在尖锐的意见分歧面前，在衰老的生存困难面前，是什么有如神助的力量保护了人的命运？甚至保护了民族、保护了国家的命运？是什么有如神助的力量能够使不同语言、不同肤色、不同民族、不同国家的人民消除隔阂、形成统一的思想和意志？是善良的力量，是正义的力量，是进步的力量，是推动历史车轮向前发展的人民群众的力量。而人格的力量，就是这些力量的集中体现。

点评

从历史的观点看，从发展的观点看，高尚的人格无疑是命运的保护神。没有高尚的人格，便没有高尚的事业。没有高尚的人格，便没有高尚的命运。

第四辑　让难题开出智慧之花

人类有什么样的梦想，就会有什么样的预言；有什么样的预言，就会有什么样的追求；有什么样的追求，就会有什么样的行动；有什么样的行动，就会有什么样的前途。在这个意义上可以说，梦想决定命运。

成功者实现梦想，失败者毁灭梦想。

被 13 所美国高校录取的女孩

左亚琪是长沙市第一中学的高三学生，个子不高，大眼睛，给人的印象很干练。

2012 年 5 月 24 日，正当湖南省 35.2 万考生都在积极备战高考的时候，左亚琪已经收到了美国 13 所高等院校的录取通知书。这些高校是：南加州大学、南加州大学洛杉矶分校、密歇根安娜堡大学、罗切斯特大学、加州大学戴维斯分校、欧文分校、宾州州立大学、杜兰大学、雪城大学、科盖德大学、麦卡利斯特学院、曼荷莲女子学院和三一大学。

年仅 17 岁的普通女孩左亚琪，为什么会得到众多美国高等院校的青睐呢？

左亚琪小时候就确立了"去美国读大学"的奋斗目标，并为实现此目标而坚持不懈地努力着。她说："我喜欢有挑战性的事情，喜欢和不同背景的人交流，希望在国外能更好地发展自己的爱好和特长。"

左亚琪千方百计地提高课堂学习效率，学习成绩一直保持在学校前 15 名。她说："上课时把笔记做完整，尽量在课堂上消化所有的学习内容，遇到不懂的问题马上问老师，绝对不拖延。成绩不如意的时候，自己会给自己增加压力和动力。""因为在课堂上我特别认真，所以课后只花小部分时间复习就够了。"这正是她有精力学习和掌握英语、日语、意大利语和西班牙语的重要原因。

从 2010 年 10 月开始，高二的左亚琪有针对性地向美国 15 所高等院校提交了申请。她为申请做了充分的准备，包括个人简历、文章展示、考托福、老师推荐，最重要的是参加了美国高考。美国高考的总分是 2 400 分，她得了 2 100 多分，在同类学生中是比较拔尖的。她用课余时间钻研西方艺术史、美国历史、美国政治以及许多关于联合国的知识，这非常有利于提高美国高考的成绩。

左亚琪对记者说，自己的成功与积极参加各种活动密不可分。除了把学习搞好之外，她积极参加各种社会活动。她在高一时参加了 8 个社团，高二当上了校国际联合会主席、广播站站长、文艺部副部长、声优部部长。她作为长沙市第一中学的模拟联合国主席，在全球高中生模拟联合国会议和哈佛大学模拟联合国会议中，都获得了优秀个人奖。她还是2011年和2012年的湖南国际漫展的主持人。这些活动占去了她的许多课余时间，但并没有影响她的学习成绩。正如她自己所说："我课后70%的时间用来参加社团活动，30%的时间用在学习上。丰富的课外活动让我积累了很多社会经验，这为自己成功申请留学加分不少。"

左亚琪对记者说，向美国高等院校申请自己喜欢并擅长的专业，也增加了自己的成功率。她有很多梦想，每一个都想尝试。比如她有个梦想是当外交官，因此她申请了安南母校麦卡利斯特学院国际关系专业，并如愿被录取。比如她有个梦想是成为一名歌手，因此她申请了罗切斯特大学，在个人简历上附上了自己录的一首歌。虽然没有被申请的专业录取，但该大学的音乐学院录取了她。音乐学院在回信中说："你在音乐方面特别有天赋，相信你一定有好的发展。"但是，在实现多个梦想的选择中，她更喜欢南加州大学。她说，南加州大学那种文艺和学术很霸气的气质，很适合自己。

现在，左亚琪已经停止了在高中上课，除了准备专辑、准备签证等之外，还有一大堆的事情要忙：7月初要在湖南国际漫展当主持人，紧接着还要去尼泊尔支教；7月底作为模拟联合国主席助理参加全球高中生模拟联合国大会；8月19日将飞往洛杉矶，开始在美国大学的留学生活。

点评

人生就是人为了梦想和兴趣而展开的表演。

爱因斯坦的理想

2008 年 1 月 19 日,在两位朋友的建议和带领下,我参观了位于美国新泽西州的科学圣地——举世闻名的普林斯顿大学。朋友毕业于此,又长期在美国工作,介绍起来自然如数家珍。

普林斯顿大学始建于 1746 年,占地 2.4 平方千米,风景优美,有很多后哥特式建筑,大多数修建于 19 世纪末 20 世纪初,看不到高楼大厦。

在普林斯顿大学的校史上,有不少星光灿烂的人物。在历届诺贝尔物理奖得主中,有 20 多位是该校的教授。普林斯顿大学为美国培养了两位总统,1 000 多名国会参议员、众议员和州政府、联邦政府的高级官员。因此,普林斯顿大学赢得了“美国政治家摇篮”的美誉。

在普林斯顿大学的校史上,有位特别值得一提的人物,那就是著名的相对论大师爱因斯坦。因为曾长时间地在这里从事研究工作,他一直是普林斯顿大学的骄傲。

在参观的过程中,朋友讲了爱因斯坦对待年薪、讲学报酬和拍卖所得的故事。

1932 年 1 月,有人建议美国著名的教育家弗莱克斯纳去加利福尼亚的帕萨迪纳,请正在那儿讲学的爱因斯坦到普林斯顿高等研究院工作。他想:“如果能把他请来,普林斯顿高等研究院不就立刻福星高照、名扬世界了吗?可他是物理学界的泰斗,我能请得动吗?”

费莱克斯纳抱着试一试的态度找到了爱因斯坦,详细地介绍了研究院的宗旨及计划。他反复强调:“研究院像一个自由港,保证负责提供充足的经费,学者享有完全的独立性,可以把世界看作是自己的实验室,绝对不会有一日三餐之忧。”

时隔不久,求贤若渴的弗莱克斯纳又追到牛津大学与爱因斯坦会面,再次邀请他到普林斯顿工作。

1933 年,爱因斯坦表示愿意去普林斯顿高等研究院工作。因为,他对那里高度自由的学术研究氛围十分满意。

这对费莱克斯纳来说,真是喜从天降,仿佛得到了一个无价之宝,连连问爱因斯坦有什么要求。他提出了两个要求:“一是要同时接受我的助手迈耶尔,并给以正式的职位;二是我的年薪只要 3 000 美元。当然,如果维持生活用不了3 000美元的话,还可以再少一些。”

爱因斯坦的第一个要求,磋商后得到圆满解决;可第二个要求,却让费莱克斯纳颇感为难。他想,一个世界顶级科学家,年薪只有 3 000 美元,这怎么能说得过去呢?如果有人说这是虐待爱因斯坦,自己实在担当不起这个罪名。于是,他一次又一次地建议,无论如何要把年薪多提高一些,甚至到了恳求的地步。最后,总算让爱因斯坦勉强接受了 16 000 美元的年薪。

当代物理学之父爱因斯坦到了美国,美国就成了世界物理学的中心。经常有人到美国请爱因斯坦去世界各地做学术报告,一般的开价是每分钟 1 000 美元。可他总是诚恳地说:“除了基本的生活费用之外,我不需要钱……”

1944 年,在堪萨斯州,爱因斯坦拍卖了1905 年狭义相对论论文的手稿,将所得的600 万美元,全部捐献给反法西斯的正义战争。

在参观的过程中,朋友还讲了不少爱因斯坦的轶闻趣事:他在比利时王后“御笔”题赠的诗歌背后做计算;他在鞋店发票的背面写演讲稿,并在庄严的授奖仪式上掏出来宣读;他在朋友家里吃饭,灵感来了却没纸,就在主人家的新桌布上写下一行又一行的公式;他在外出迷路的时候,打电话问研究院怎么走才能走回自己的家;他把一张 1 500 美元的支票当书签用……

点评

爱因斯坦把金钱、荣誉和地位等，都看得很轻很轻，甚至谢绝了请他出任以色列共和国总统的请求。他所看重的，只是基本的工作和生活条件：一支笔，一张纸，一个烟斗，一把小提琴，一个自由的学术研究氛围，还有一个优美的散步环境。

爱因斯坦在《我的世界观》一文中说：“我从来不把安逸和享乐看作是生活目的本身——这种理论基础，我叫它猪栏的理想。照亮我的道路，并且不断地给我新的勇气去愉快地正视生活的理想，是善、美和真。”

请 脸 赏

在英国剑桥大学有两个22岁的大学生，一个叫罗斯·哈珀，来自伦敦南部，所学专业是神经学；另一个叫埃德·莫埃斯，来自多塞特郡的普尔，所学专业是经济学。尽管他们的家境都不大富裕，但却都很要强，很自立。

从上大学之日起，他们就有了一个共同梦想：在毕业前还清5万英镑的学费贷款，约合50万元人民币。起初，他们和许多大学生一样，试图靠课余打工逐步还清贷款，但进展缓慢，收效不理想。他们常琢磨：有什么更好的办法，可以更快地还清学费贷款呢？

2011年夏季的一天，哈珀和莫埃斯正在备战期末考试。中间休息的时候，哈珀突然产生了一个实现梦想的灵感：用自己的脸打广告，或者说是用自己的脸作为广告空间出租。他们很兴奋，觉得这个创意既新鲜又好玩，特别突出的优点是：投资少，具有很强的操作性。

当年的10月1日，为了把梦想变成现实，他们的生意正式开张了。他们设立了"赏脸"网站，招揽用他们的脸画出商标的客户。他们表示：任何个人、企业或机构，都可以通过"赏脸"网站"买脸"，购买他们的广告空间。广告商可选择脸的正面，也可选择左右脸颊，然后画上指定商标。在约定的日子里，他们会保留商标，并可应广告商的要求，出入指定的公共场所，同时将相关照片上载到网络。广告的受众，主要是他们日常生活中的身边人。收费以天计算，具体的标准可以商谈。

尽管这个实现梦想的创意起初遭到了一些人的怀疑，甚至嘲笑，但是他们勇往直前。在课余时间，他们经常按照客户要求，在脸部画上各种广告标语和图案，然后去皇家歌剧院看表演，或去潜水、跳伞、滑雪，等等。当然，这些活动经费都是客户"埋单"。

他们的起步相当不错，简直可以说是出乎意料。创业数周后，他们就赚到了

5 000 英镑。莫埃斯说："生意好得超出预期，我们切实地感到了脸的价值。"哈珀看得更远些："大学毕业生的就业市场非常严峻，看到许多学生求职不成功，只能从事自己不喜欢的职业时，我们很不甘心。于是我们想绕开老办法，另辟蹊径。用自己的脸打广告，就是与众不同的非传统方式。我们已经为下一步发展做好了准备，努力让它变成一份职业。"

他们最初的客户基本是朋友和家人，一天收费只有 1 英镑，约合 10 元人民币。后来，随着客户的不断增多，最多时的收费已经涨至一天 400 英镑，约合 4 000元人民币。到 2012 年 2 月底，仅仅 5 个月的时间，他们就赚到了 3.1 万英镑，约合 31 万元人民币。他们对这门生意的投资，只是花 100 英镑买了没有副作用、不损害皮肤的优质化妆颜料。

目前，他们最大的客户是英国商人帕迪鲍尔创办的博彩公司和美国的安永会计师事务所，后者已经成为"赏脸"网站的正式赞助商。会计师事务所负责招聘会计工作的简·鲁滨孙说，她的同事对哈珀和莫埃斯的乐观进取、踏实肯干的印象很深刻，通过两人宣传的招聘广告也"非常成功"。

虽然他们的公司规模还很小，但生意红火，已经引起了不少大企业的关注。最近，他们招募了数十位学生出租脸庞，雄心勃勃地准备在两个月之内将业务拓展到国际市场。

点评

在世上诸多美好的事物中，有两个最公平，那就是青春与梦想，不分男女，不分贫富，不分尊卑，人人都可享有。人生，就是为了梦想和兴趣而展开的表演。青春，就更应该为了梦想和兴趣而展开大胆地表演。

梦想如鸡蛋

安东尼·吉娜是美国纽约百老汇极负盛名的演员。不久前她在美国电视台著名的脱口秀节目《快乐说》中,讲述了自己成功路上最难忘的一段经历。

在大学读书时,吉娜是学校艺术团的歌剧演员,参加了一次校际演讲比赛。她演讲的题目是《璀璨的梦想》。她在演讲中说:“大学毕业以后,先去欧洲旅游一年,增加自己的阅历,然后到纽约百老汇发展,实现自己成为一名优秀演员的梦想……”她声情并茂的演讲,卓尔不凡的风度,赢得了所有师生的多次喝彩,并一举夺魁。

当天下午,吉娜的心理学老师找到她,对她说:“你是一个很有才华、很有发展潜力的学生。”紧接着就提了一个尖锐的问题:“你现在就去百老汇,跟毕业一年以后去究竟有什么差别?”

吉娜仔细一想:“是呀,大学生活并不能帮我争取到在百老汇的工作机会。应该先去试一试,即使失败了,我还可以返回学校继续学习。”于是,吉娜决定,一年之后就去百老汇闯荡,而不是等到毕业一年以后再去。

这时,老师又问道:“你现在就去跟一年以后去究竟有什么不同?”

吉娜思考了一会儿,对老师说:“那下学期就出发。”

老师紧追不舍地问:“你现在就去跟下学期去究竟有什么不一样?”

吉娜简直有些眩晕了,想想百老汇金碧辉煌的舞台,想想在睡梦中萦绕不绝的红舞鞋……她终于决定下个月就前往百老汇。

老师乘胜追击地问:“你现在就去跟一个月以后去究竟有什么两样?”

吉娜激动不已,也情不自禁地说:“好,给我一个星期的时间准备一下,我很快就出发。”

老师步步紧逼:“所有的生活用品在百老汇都能买到,你现在就去跟一个星期以后去究竟有什么区别?”

吉娜终于热泪盈眶地说:“好,我明天就去。”

老师赞许地点点头,说:“好！我已经帮你订好了明天的机票。有个朋友告诉我,百老汇正在招聘演员,你不要错过这次机会。”同时,老师还送给她一个精美的笔记本,并在扉页上写下了一段赠言。

第二天,吉娜就飞赴全世界最著名的艺术殿堂——美国百老汇。正如老师告诉她的那样,百老汇的一个制片人正在酝酿一部经典剧目,几百名各国艺术家踊跃应聘主角。按当时的应聘规矩,先挑出10个左右的候选人,然后让他们每人按剧本的要求表演一段主角的念白。这就意味着,只有经过两轮艰苦角逐之后的优胜者,才能从几百名各国艺术家中脱颖而出。

吉娜到了纽约后,没有急于去漂染头发,也没有去购买靓衫,而是费尽周折从一个化妆师手里搞到了即将排演的剧本。然后,她闭门苦读,悄悄演练。

正式面试那天,吉娜是第48个出场。当制片人要她说说自己的表演经历时,她粲然一笑,说:“我可以给您表演一段原来在学校排演过的剧目吗？就一分钟。”制片人首肯了,大概是不愿让这个热爱艺术的青年失望。

当制片人发现吉娜是在表演剧本中女主角的念白时,不禁惊呆了。她的表演是那样的投入与真挚,是那样的惟妙惟肖。制片人当机立断,一锤定音:结束面试,主角非吉娜莫属。就这样,她穿上了人生的第一双红舞鞋。

点评

电视台的节目主持人在结束《快乐说》之前,向观众展示了吉娜珍藏多年的笔记本,就是心理学老师在她到百老汇之前送给她的那个精美笔记本,并朗读了老师在扉页上写下的赠言:

“梦想如鸡蛋,如果不及时孵化,就会腐败变臭。”

乘着梦想的翅膀

在美国西南部亚利桑那州的图森市，有一位25岁的姑娘杰西卡·考克斯。她先天不足，生下来就没有双臂。至今，美国医生也不明白她失去双臂的原因。

杰西卡·考克斯的父母费尽心血请医生为她安装了一对假肢，然而她却讨厌佩戴假肢。因为她使用假肢时，总觉得自己是个残疾人。14岁的时候，她破釜沉舟，毅然决然地将那副假肢扔进了壁橱里，并决心把自己的双脚锻炼得像双手一样灵活，像正常人一样可以做任何事情。

为了让自己的双脚保持柔韧有力，杰西卡·考克斯不仅经常走路，而且学会了游泳，通过走路和游泳的方式锻炼自己的双腿。她深有体会地说："保持双腿的力量和柔韧度非常重要，这是我双脚如此强壮与敏捷的关键。"

最近，医院对她进行了一次全面体检，医生分析了X光照片感到十分惊讶：她的脚趾关节看起来更像是手指关节，因为她的脚趾头竟然能像手指一样自由弯曲。"

工夫不负有心人。如今，没有双臂的杰西卡·考克斯不仅学会了用双脚写字、打电脑、弹钢琴，学会了用双脚驾驶汽车，成功地考取了汽车驾驶执照，而且还获得了亚利桑那大学的心理学学士学位和跆拳道的"黑腰带"。

最令人意想不到的是，杰西卡·考克斯又学会了用双脚驾驶轻型运动飞机。当她驾驶飞机时，能够熟练地用一只脚管理控制面板，用另一只脚操纵驾驶杆，显得非常冷静、沉着和稳定。实践证明，她是一个很出色的飞行员。2008年12月1日，她顺利地通过了私人飞行员驾照考试。有了这个驾照，意味着她可以驾驶一架轻型运动飞机在3 000米的高空中自由飞翔。

美国圣曼纽尔市雷·布莱尔机场42岁的帕里什·特拉威克，是杰西卡·考克斯的飞行教练。他曾培训出许多优秀的飞行员，但却没遇到像她这样的学员。他多次由衷地赞叹："当杰西卡·考克斯驾驶一辆汽车来报名学习飞机的时候，我就立即预感到她驾驶一架飞机应该毫无问题。一旦你和她在一起待上20分钟，你就会感到她有极强的自立能力，甚至会忘掉她是没有双臂的人。她用榜样的力量告诉人们，每个人都可以克服各种先天不足，每个人都可以创造奇迹。她简直是太令人难以置信了，甚至一些健全飞行学员的飞行能力都无法和她相比。杰西卡·考克斯创下了美国飞行史上的先例，成为美国历史上第一个只用双脚驾驶飞机的合法飞行员！”

身残志坚的杰西卡·考克斯给许多美国人都带来了巨大的精神鼓舞。她经常到美国各地进行巡回演讲，讲述自己学会靠双脚生存和奋斗的感人故事。至今，她已在美国的学校、部队、机关、企业等演讲过数百场。她对自己能够给他人以激励，感到非常欣慰。事实上，她不仅只在演讲时才能给别人以激励，而且在日常生活中的每时每刻都能给别人以激励。目前她一边将自己的故事写成一本书，一边和出版商进行联系。她要将这本名为《乘着梦想的翅膀》的书献给自己的父母，献给所有帮助过她的朋友，献给一切热爱生活的人们。

点评

杰西卡·考克斯要在将来出版的书中扉页上写下自己在演讲中反复强调的话：

“不管是什么人，只要不怕困难，不断超越自己，每个人都可以乘着梦想的翅膀自由飞翔。”

一个人的心有多大，舞台就有多大；思想有多远，就能走多远；梦想有多高，就能飞多高。

梦想在努力的汗水中成真

斯坦福大学的心理学家卡罗尔·德维克,曾主持做一个由四次测验组成的实验——赞赏实验。

赞赏实验在纽约的12所学校进行,将参加实验的412名五年级学生随机分成两组:第一组和第二组。

第一次测验,试题比较容易。测验完成后,告诉每个学生得了多少分。然后,对这两组学生给予不同内容的赞赏。对第一组学生的赞赏语言是:"解题时你一定很聪明";对第二组学生的赞赏语言是:"解题时你一定很努力"。前者,主要是赞赏学生的智力;后者,主要是赞赏学生的努力。

第二次测验,有两套试题:一套比较简单,很容易做出答案,与刚刚做过的第一套试题类似;另一套比较难,但是从中能学到很多东西。然后,请两组的学生自愿选择。结果,被赞赏为"很聪明"的第一组学生,50%选择了容易的试题,另外50%选了较难的试题;被赞赏为"很努力"的第二组学生,10%选择了容易的试题,另外90%选了较难的试题。

德维克分析第二次测验后解释说,之所以两组学生出现这种不同的选择,是因为第一次测验后受到了不同赞赏的结果。尽管都是简单的一句话,但传递给第一组学生的信息是:聪明点,别犯错误;传递给第二组学生的信息是:努力点,别怕困难。

第三次测验,试题非常难,是按八年级学生的水平出的试题。德维克想通过这次测试,看看面对挑战时两组学生究竟有什么不同的表现。结果,被赞赏为"很聪明"的第一组学生,遇到难题后很快就气馁了,放弃了,失败对他们来说,意味着"或许我实际上并不聪明";被赞赏为"很努力"的第二组学生,表现积极,兴致盎然,即使不会做,也能坚持较长的时间,有的甚至说"我喜欢这个测验。"

随后,让两组学生拿自己的成绩任意与别的学生进行比较。结果,被赞赏为

“很聪明”的第一组学生，通常会拿自己的成绩与那些比自己差的学生进行比较，以增强自尊；被赞赏为“很努力”的第二组学生，通常会拿自己的成绩与那些比自己好的学生进行比较，以便知道自己错在哪里，从中总结经验，提高自己。

第四次测验，试题比较容易，与第一次测验试题的难度水平相当。结果，被赞赏为“很聪明”的第一组学生，分数却平均下降了 20%；被赞赏为“很努力”的第二组学生，分数平均提高了 30%。

德维克分析第四次测验后解释说，“聪明组”的学生之所以退步，是因为第三次测验失败后他们感到沮丧；“努力组”的学生之所以进步，是因为第三次测验失败后他们愿意继续挑战自己。

德维克从赞赏实验到了这样的结论：相比之下，经常赞赏学生“很聪明”，不如经常赞赏学生“很努力”的效果好。因为被赞赏“很聪明”的学生，在遇到困难和挫败时，耐性和坚持性较差，而被赞赏“很努力”的学生，在遇到困难和挫败时，更有自信，更有知难而进的开拓精神。他建议，应该少赞赏聪明，多赞赏努力。

点评

赞赏实验的结论，可以推而广之：努力比聪明更重要，努力比智力更可靠。在一个领域或行业里有所成就的人，往往主要不是靠聪明，而是靠努力。努力了不一定会成功，但不努力就一定不会成功。梦想，只有在努力的汗水中浸泡才会成真。

在绝望中发现希望

在古希腊神话中,有一个西绪弗的故事。

有人诬陷西绪弗犯了天条,天神惩罚他降到人世间服劳役。天神对他的惩罚是:天天把一块大石头推到山顶。

西绪弗每天都费很大的力气才能把那块大石头推到山顶,然后回家休息。可是,在他休息的时候,大石头又会自动滚到山下。第二天,西绪弗还得把那块石头重新往山顶上推。这样,西绪弗所面临的厄运是:永无止境的失败。

天神惩罚西绪弗天天把大石头推上山顶,主要不是想折磨他的身体,而是要折磨他的心灵,使他在“永无止境的失败”中受苦受难受煎熬。

可是,天神的算盘打错了。西绪弗不仅从不感到绝望,而且还能在绝望中发现希望,在苦难中发现乐趣。他想:把大石头推上山顶是我的责任。只要我把石头推上山顶,我的责任就尽到了。至于石头是否会滚落下来,那不是我的事。

因此,当西绪弗奋力推大石头上山的时候,把命运当作为事业,心中显得非常平静。他不断地安慰着自己:明天还不会失业,明天还有大石头可推,明天还有希望,明天我会更加强壮。

天神因无法惩罚西绪弗,只好让他又回到了天庭。

在现实生活中,有一个肯尼的故事。

1973 年 12 月,肯尼出身在美国宾夕法尼亚州拉昆村。当母亲看到婴儿只有半截身体时,哭得死去活来。做父亲的比较冷静,再三安慰妻子:“我们要面对现实,不要绝望,生命还在,希望还在。”

肯尼 1 岁半的时候做了两次手术,腰以下的神经无法恢复,连坐都成了问题。医生却劝肯尼的母亲:凡事要尽量靠他自己的意志和能力去做。母亲接受了医生的忠告,尽量让肯尼料理自己的事情。数月后,肯尼竟奇迹般地坐了起来。不久,他开始尝试用双手走路。

肯尼开始上学了，每天都要装上重达 6 千克的假肢和一截假胴体。坐着轮椅上厕所很不方便，每次都有同学帮助他。在这样的环境熏染下，加上几位老师的爱护，使肯尼的心灵得到极大的净化。他爱生命，爱身边的每一个人。

肯尼是个摄影迷，一有空，他就挂上相机，摇轮椅到附近公园去。他一边给人拍照，一边说："你的眼睛真漂亮，等照片洗出来我要挂在房间里做装饰。"说得姑娘们喜滋滋的。他帮妈妈买东西，有时也替邻居洗车、剪草。这对一个没有下肢的人来说，要有多大的毅力啊！

如今，肯尼已经是加拿大的影星了。他成功地主演了影片《小兄弟》。

1988 年 10 月，肯尼去中国台湾访问，在金龙奖颁奖会上，他对记者说："我在生活中没有困难，遇到困难就和大家一样，找出方法解决。"

小镇上，几乎每个人都迷恋着肯尼。有个老太太每天都站在门口，就是为了多看他一眼。

为什么人们都迷恋只有半截身体的肯尼呢？

肯尼的邻居乔安说："每个人都有烦恼，但是只要看到肯尼，就会觉得自己的烦恼是何等的渺小。"

还有一位邻居说："我们热爱肯尼，因为有了他，我们提高了战胜困难的勇气。我们要像肯尼那样，对生活充满自信！"

点评

假如命运折断了希望的风帆，请不要绝望，岸还在；假如命运凋零了美丽的花瓣，请不要沉沦，春还在。生活总会有无尽的麻烦，请不要无奈，因为路还在，梦还在，阳光还在，我们还在。

模仿走不出自己的路

有一位女子,出生于一个平常的家庭,找了一个平常的工作,嫁了一个平常的丈夫,有了一个平常的家。总之,她的一切都很平常。

有一天,报纸大张旗鼓地招聘一名特型演员——扮演王妃。她的一位朋友好心地替她寄去一张应聘照片,没想到,顺利过关。从此,这位平常的女子,开始了她漫长的"王妃"生涯。

她反复阅读了有关王妃的大量资料,细心揣摩王妃的每一缕心事,反复模仿王妃的一颦一笑、一言一行、一举一动。

"不像,不像,这也不像,那也不像!"导演、摄影师无比挑剔,一次又一次让她重来。

功夫不负苦心人。现在,这位平常的女子轻而易举地就能进入角色,根本无需费多少时间就可以惟妙惟肖、炉火纯青地扮演"王妃"了。

糟糕的是,后来她要想恢复那个平常的自我却非常困难。

每天早晨醒来,她必须一再提醒自己"我是谁",以防止自己指点或驱使家人;在与善良的丈夫和活泼的女儿相处时,她必须一再提醒自己"我是谁",以避免莫名其妙地对他们喜怒无常。

平常女子深感痛苦地对人说:"一个长期投入地扮演享受优厚礼遇和至上尊敬的人,要恢复平常的自我实在是太难了。"就连说这话的时候,她也仍然像个"王妃"。

无独有偶。还有一个女子,从小就被人称赞,称赞她长得像玛丽莲·梦露。因此,她收集并研究了大量与玛丽莲·梦露有关的资料和照片,将梦露主演的影片一看再看,为的只是惟妙惟肖、炉火纯青地模仿梦露的一颦一笑、一言一行、一举一动。

她整日沉醉在他人的喝彩声中,日久天长,她似乎以为自己就是玛丽莲·梦露了，以至于时常忘掉了自己是谁。

到了 36 岁的时候，她竟模仿了玛丽莲·梦露的自杀，连最后的死亡方式都与玛丽莲·梦露一模一样。于是，她就这样结束了自己的一生，真是令人为她感到惋惜。

点评

人是善于模仿的动物。模仿本身并没有错，每个人的学习常常是从模仿开始的。模仿是初始的学习，是创造的前提条件。创造离不开模仿，但模仿不是创造。模仿走不出自己的路。即使对于大师，也不能停留于模仿。仅仅停留于模仿，就会迷失自我，迷失前进的方向。

人之所以可贵，就在于创造。已经创造出来的东西比起有待创造的东西，永远是微不足道的。模仿者亡，创造者存，这是不以人们意志为转移的客观规律。事事都是可创造之事，时时都是可创造之时，人人都应该做能创造之人。

用新规则打开天堂之门

在冯梦龙编撰的《智囊》一书中,有一个孙宝巧妙断案的故事。

西汉时,孙宝担任京兆尹。有一天,一个卖油炸馓子的小贩,在城里被一个农民撞了一下,馓子掉在地上,全都摔碎了。农民认赔50个馓子的钱,可卖馓子的小贩坚持说,总共有300个。馓子全碎了,已不可能再数清究竟有多少个。两人相持不下,争得面红耳赤,要去打官司。在围观的人都束手无策的时候,孙宝经过这里听说了这件事。他叫人去买来一个馓子,称了这个馓子的质量。同时他又叫人把地上的碎馓子全都集中起来,称出了它们的总质量,然后根据总质量,计算出了被摔碎馓子的个数,最后他叫农民按照计算出来的馓子数目赔钱给小贩。孙宝对这件事的处理,众人交口称赞,农民和卖馓子的小贩也都口服心服。

孙宝破案的高明之处,就在于他善于转换问题的性质,用称馓子“质量”的方法,计算出了馓子的“个数”。

爱迪生有一次将一个形状很不规则的灯泡交给一位平日里非常恃才自傲的研究人员,请他准确计算出灯泡的容积。那人随手接过灯泡之后轻飘飘地说了一句:“这太简单了。”两小时之后,当爱迪生进来问他灯泡的容积是多少时,只见他满头大汗,桌上到处是计算公式,八字还没一撇呢。这时,只见爱迪生拿起一杯水倒进灯泡里,然后再将灯泡里的水倒进一个有刻度的大量杯中……灯泡的容积就这样轻而易举地显示出来了。

爱迪生计算的高明之处,就在于把别人用数学公式才能解决的问题转变成了用量杯测量的问题。

日本的一支南极探险队准备在南极过冬,决定把运输船上的汽油运到越冬基地。由于准备不充分,在实际操作中发现输油管的长度根本不够。如果再从日本本土运来,时间得需要两个月,远水解不了近渴。如何才能找到替代输油管的材料呢？这个问题难住了所有的人，眼看越冬计划就要落空。情急之下，队长西崛荣三郎提出了一个奇特的设想："我们用冰来做管子吧。"冰在南极是最丰富的东西，但怎样使冰变成管子呢？很多人还是不明白。他接着又说："我们不是有医疗用的绷带吗？就把它缠在已有的铁管上，上面淋上水，让它结成冰，然后拔出铁管，这不就成了冰管子了吗？再把它们一段一段地连接起来，要多长就有多长。"

西崛荣三郎解决输油管不够的高明之处，就在于因地制宜找到了可以替代输油管的材料——冰。

点评

当常规的大门紧紧关闭、无法敲开之时，当常规的力量束手无策、一筹莫展之时，就应当像亚历山大面对无法解开的死结那样，放胆、放脑，一刀砍下去，用自己创立的新规则去打开天堂之门。创新的一个重要方面和重要成果，就是在常规或旧规则无能为力的情况下，创立出行之有效的新规则。

勇气通往天堂

高斯生于德国的一个贫穷之家,从小就显露了出类拔萃的数学才能。上小学低年级的时候,他和几个同学上课时淘气,影响了别的同学听讲。放学后老师把他们留下来,惩罚他们做算术题:从 1 加到 100。

别的同学都在一步一步地演算,唯独高斯沉思了一会儿,毫不犹豫地在作业本上写下了答案:5 050,随后就交卷了。老师一看答案没错,二话没说就让他回家去了。

第二天老师见到高斯,问他昨天那道题怎么做的那样快?高斯轻松地回答说:"我看这道题有个规律:100 加 1 是 101,99 加 2 也是 101,88 加 3 还是 101,依此类推共有 50 个 101,答案显然应该是 5 050。"

老师非常欣赏高斯的数学才能,把他推荐给热衷于慈善事业的布伦瑞克公爵。这位慷慨的公爵资助高斯,从中学一直到读完大学。

上大二的一天,高斯吃过晚饭,开始埋头做导师每天单独给自己布置的数学题。通常他只要 2 小时就能完成每天的全部作业,不料这一次却遇到了麻烦。他做完了前两道题之后,发现第三道题单独写在一张纸上,即用圆规和直尺做出圆的内接正 17 边形。他像做前两道题一样专心致志,只是越往下做越感到吃力,简直是一筹莫展了。

然而,高斯没有被难题吓倒,反而激发了他越战越勇的斗志。他暗暗在心中发誓,非把这道题做出来不可。他看按常规的套路行不通,就尝试用一些超常规的思路去解题。他手持圆规和直尺,不停地在纸上一遍又一遍地画着……勇气是逆境时的光明,当他解开这道题的时候,曙光已经取代了夜色。

当导师看到高斯解开了这道难题的时候,惊讶得连说话的声音都颤抖起来:"真的是你自己做出来的么?你知道不知道,你解开的是一道 2 000 多年的数学悬案!阿基米德没有解出来,牛顿也没有解出来,你竟然用一个晚上就解出来了，你可真是个天才！最近，我正在研究这道难题。昨天给你布置作业时，无意中将它放到了给你的题目之中。”

多年之后，当回忆起解开2 000多年数学悬案的情景时，高斯深有感触地说：“我当时是初生牛犊不怕虎啊！如果有人事先告诉我，那是一道2 000多年一直没有人能解开的数学难题，我根本不可能在一个晚上攻克它。”

点评

智慧能解决很多问题，勇气则能解决许多智慧解决不了的问题。在人生旅途的坎坷与曲折面前，勇气通往天堂，怯懦通往地狱。

无臂王子

在云南玉溪，有一个小伙子叫金凯。在10岁那年，他因不慎触到高压电，意外地痛失了双臂。在父母的教育鼓励下，他顽强地锻炼用脚来打理自己的日常生活。尽管他练得双脚流血，甚至失声痛哭，但却没有放弃。功夫不负苦心人，他不但学会了用脚穿袜子、刷牙、洗脸、梳头、吃饭，而且还学会了写字、做饭、发手机短信、玩电脑游戏……特别值得一提的是，他在当地的一所残疾人学校里学习了计算机专业，学会了用脚来操作电脑，几乎掌握了所有的办公软件。看到他灵活自如地以脚代手，基本做到了独立生活，朋友都敬佩地称他为“无臂王子”。

金凯在成长的过程中发现，自己有较好的表演天赋，可以唱歌，可以模仿名人，还可以跳舞。他最崇拜的歌星，是盲人歌手杨光。为了实现自己的歌星梦想，他开始了十分刻苦的训练。

穷人的孩子早当家。2010年，金凯的家乡遭遇了持久的大旱灾。村里的水源干枯了，他每天都要到两千米之外的地方挑水。家里的困难，他看在眼里，急在心上。他通过别人的介绍到了南京打工挣钱，一心想通过自己的努力改变家里的困境。

2010年11月15日，24岁的金凯抱着试试看、重在参与的心理，参加了“网络青歌赛”。他凭着自己的实力，顺利地通过了初试。“青歌赛”组委会的老师发现了他的才华和潜力，帮助他于12月走进上了中央电视台《星光大道》的舞台。

在《星光大道》的舞台上，金凯过关斩将，由周赛进入到月赛，由月赛又进入到年度总决赛。他模仿刘德华、张学友、王杰、阿杜、张宇等名人，可谓惟妙惟肖，以假乱真。他跳的街舞，就连劈叉、后空翻之类的高难度动作也都做得炉火纯青，准确无误，令人瞠目结舌。他没有双臂，却仿佛有双隐形的翅膀。但是，最让所有人感动难忘的，并不是他的精彩表演，而是他功败垂成后的感恩心态。

那是在2010年12月年度总决赛的分组第二场比赛，金凯令人惋惜地被淘汰了。他神态自若地口叼毛笔，写下了两个字："幸福"；随后送给了帮助过自己的主持人。主持人问："你怎么想起来给我写'幸福'这两个字呢？"他说："幸福的确是我对生活的感悟，我觉得挺幸福的。小时候我曾想不通，老天爷怎么这么不公平，偏偏把我的双臂带走了？！但是，长大后我才感觉到，我不对了；是老天爷对我太好了，只带走了我的双臂，我还有很多很多！"

接下来，主持人请即将离开舞台的金凯发表临别留言。他说："对于我来说，今天在《星光大道》的表演可能是最后一次了。我最想提到的是，我的爸爸。我当时失去双臂以后，不愿意做作业。爸爸说，你得写字。我说不可能，怎么可能呢？手都没了，还拿什么写？爸爸说，用脚！我说，那是不可能的，学不会的。但是，我的爸爸率先用脚学会了写字。这就是我的爸爸。我想对爸爸说我从来没有说过的三个字，不好意思说的三个字：'我爱你！'"

当"无臂王子"说这番话的时候，摄影师的镜头不断地在台上台下交替切换：观众席上的一些观众留下了热泪，金凯的眼睛也湿润了，但却没有让眼泪流出来。人们看到了他的柔情，也看到了他的阳刚，深深地被他知恩、感恩、报恩的感恩心态所感动。

有的人不禁赞叹道，一个人有了感恩的心态，就有了感恩的眼睛；有了感恩的眼睛，就有了感恩的世界；有了感恩的世界，就有了感恩的人生。

有的人不禁赞叹道，一个人有了感恩的心态，就等于有了幸福的种子，生命之树就会开出幸福之花，结出幸福之果。

有的人不禁赞叹道，一个人以感恩的心态言表，谦恭而悦人；以感恩的心态行事，真挚而感人；以感恩的心态生活，则天堂垂手可得。

点评

不错，谁抱怨命运是丑陋的乞丐，那他就是痛苦的盲流；谁感恩命运是美丽的公主，那他就是幸福的王子。

高考与自信

这里有两个故事,很能说明自信对于胜败的重要作用。

一个是尼克松败于自信的故事。

尼克松是我们极为熟悉的美国总统,在他的任期内打开了中美关系的大门,还有许多的不俗业绩,是个优秀的政治家。但这样一位大人物,却因为一个缺乏自信的小错误而毁掉了自己的政治前程。

1972年,尼克松竞选连任。由于他在第一任期内政绩斐然,很得民心,而他对手的阅历和声望都难以与他相提并论,所以大多数政治评论家都预测尼克松将以绝对的优势获得胜利。

然而,尼克松本人却很不自信。他走不出过去几次失败的心理阴影,极度担心再次出现失败。在这种潜意识的驱使下,他鬼使神差地干出了后悔终生的蠢事。

他指派手下的人潜入了竞选对手总部的水门饭店,在对手的办公室里安装了窃听器。事发之后,他又连连阻止调查,推卸责任,在选举胜利后不久便被迫辞职。本来稳操胜券的尼克松,因缺乏自信而导致惨败。

另一个是小泽征尔胜于自信的故事。

小泽征尔是世界著名的交响乐指挥家。在一次世界优秀指挥家决赛的大赛中,他按照评委会给的乐谱指挥演奏,敏锐地发现了不和谐的声音。起初,他以为是乐队演奏出了错误,就停下来重新演奏,但还是不对。他觉得是乐谱有问题。这时,在场的作曲家和评委会的权威人士坚持说:乐谱绝对没有问题,是他错了。面对一大批音乐大师和权威人士,他思考再三,斩钉截铁地大声说:“不!一定是乐谱错了!”话音刚落,评委席上的评委们立即站起来,报以热烈的掌声,祝贺他大赛夺魁。

原来,这是评委们精心设计的圈套,以此来检验指挥家在发现乐谱错误并遭到权威人士“否定”的情况下，能否坚持自己的正确主张。前两位参加决赛的指挥家虽然也发现了错误，但终因随声附和权威们的意见而被淘汰。小泽征尔却因充满自信而摘取了世界指挥家大赛的桂冠。

尼克松败于自信的故事和小泽征尔胜于自信的故事，对即将参加高考的考生来说，都是很有启示作用的。中科院著名心理学家王极盛教授，对即将参加高考的同学们说：“信心是高考成功的精神支柱，对智力的发挥起调节作用。”高考也是心理战，心理调节至关重要，越接近高考，心理调整也越重要。如果说平时的知识储备是高考成功必不可少的硬件，良好的心态则是高考成功必不可少的软件。不错，信心的基础是实力，但对知识临场发挥得如何，主要取决于有无良好的心态。许多不幸，都是从看不起自己、不相信自己开始的。莎士比亚说得对：“自信是走向成功的第一步，缺乏自信乃是失败的原因。”

点评

人要相信自己，不要太在意别人说了些什么，特别是不要被权威的负面暗示所左右。自信，能鼓起生命的风帆；自卑，能熄灭奋斗的火焰。对于凌驾于命运之上的人来说，自信就是命运的主宰。

直面缺憾

英国首相丘吉尔是个敢于直面缺憾的人。

丘吉尔年轻的时候特别害羞，一讲话就脸红，期期艾艾，唯唯诺诺。但当他确定了自己远大的目标和抱负后，便决心彻底改正自己的缺点。于是，他每天对着镜子练习演讲，自演自看，自讲自听；每一个词句，每一个语调，每一个神态，都经过认真思考和反复锤炼，同时在现实生活中不断地磨炼、提高。

工夫不负有心人。几年后，丘吉尔大有长进，可以说风度翩翩，语惊四座。他的演讲功力令世人折服，其演讲的措辞、语调和手势，饱含着非凡的勇气和刚毅。特别是在第二次世界大战中的最困难关头，英国军民几乎每天都能从丘吉尔的广播演讲中得到巨大的鼓舞和力量。

美国总统罗斯福也是个敢于直面缺憾的人。

罗斯福在中年的时候做了参议员，在政坛上炙手可热。如日中天的他，这时却意外地患了小儿麻痹症。开始时，他一点也不能动，必须坐在轮椅上，整天依赖别人把他抬上抬下。在突如其来的打击下，他差点心灰意冷，退隐乡园。

后来，他重振精神，直面自己的残疾，坚持一个人不屈不挠地练习自理、自立的能力。

有一天他告诉家人说，他发明了一种上楼梯的方法，并愿意表演给大家看。原来，他是先用手臂的力量把身体撑起来，挪到台阶上，然后再把腿拖上去，就这样一阶一阶艰难缓慢地爬上楼梯。

他的母亲阻止他说：“你这样在地上拖来拖去的，给别人看见了多难看。”

罗斯福断然地说：“我必须面对自己的耻辱。”

点评

直面缺憾是一种明智。既然缺憾是不以人的主观意志为转移的客观存在,那么直面缺憾就要比掩耳盗铃、自欺欺人高明和智慧得多。

直面缺憾是一种勇气。没有勇气,回避缺憾的人就像玻璃;勇气十足,直面缺憾的人就像钢铁。缺憾把没有勇气回避缺憾的人像玻璃一样地粉碎;缺憾又把勇气十足直面缺憾的人像钢铁一样地锤炼。

直面缺憾是一种人人不可避免的正确选择。金无足赤,人无完人。上帝给谁的都不会太多,就是说上帝不会让谁永远没有缺憾;上帝给谁的也绝不会太少,就是说上帝绝不会亏待任何一个敢于直面缺憾、自强不息的人。

巴顿将军的头盔

巴顿是第二次世界大战中的一位著名的美国将军。他作战勇猛，性情幽默，即使在最困难、最危险的时候，浑身也洋溢着大无畏的乐观主义精神。

美国在第二次世界大战中参战较晚。美国刚参战的时候，一些新入伍的年轻士兵由于缺乏作战经验，加之当时德军在北非取得了一连串的胜利，且被渲染得神乎其神，因此，美军的士气比较低落，普遍存在着不同程度的畏敌怯战心理，个别人甚至到了风声鹤唳、草木皆兵的程度。

就在这种情况下，巴顿将军搞了一次奇特的阅兵式。当巴顿将军出现在检阅台上的时候，士兵们惊奇地发现，深受他们爱戴的巴顿将军头上竟戴着一顶德国将军的头盔，群情顿时沸腾起来了。

巴顿将军从容而坚定地对士兵们说："我头上戴的头盔，是刚从德国将军那里缴获来的！这足以说明，德国军队根本不是不可战胜的！"

阅兵场上一片欢呼。

巴顿将军继续诙谐地笑着说："我要戴着这个头盔，一直打到柏林！"

欢呼声像大海的波涛，一浪高过一浪，美国士兵的畏敌怯战的情绪顿时一扫而光。

当然，巴顿将军并未将这顶德国将军的头盔继续戴下去。在以后漫长的战争岁月里，他戴的一直是自己的头盔。不过，他别出心裁地将军衔的二颗将星标在头盔上。

他的这种做法，在军部引起了各种不同的反映。

有个老资格的上校说："将军阁下，你难道不怕德国人认识你吗？难道你的头盔是打不穿的吗？"

"我的头盔当然不是打不穿的。"巴顿将军坦然自若地说，"不过，作为一个将军，是敌人看见我的机会多呢？还是我们的士兵看见我的机会多呢？"

老上校还是不理解地摇摇头。于是,巴顿将军就带着他下部队去巡视。每到一处,士兵们只要看见巴顿将军的头盔就欢呼起来。这时巴顿又对老上校说:“你在部队时间比我久,为什么士兵能一眼认出我,而认不出你呢?”

老上校身临其境地感受到巴顿将军与士兵们非常融洽的官兵关系,感受到头盔使巴顿将军大无畏的乐观主义形象更加深刻地印在了士兵们的心中,终于心悦诚服了。

点评

拿破仑说得好:“一头雄狮率领的一群绵羊,可以战胜一只绵羊率领的一群狮子。”

为而不争

“为而不争”，出至老子《道德经》最后一章的最后一段话：“天之道，利而不害；圣人之道，为而不争。”意思是说，自然的规律是让万事万物都得到好处，而不伤害它们；圣人的行为准则是做什么事都不跟别人争夺。

老话说：“人之熙熙，皆为利来；人之攘攘，皆为利往。”实际上，人们处在一个竞争日益激烈的社会，没有谁能完全摆脱客观存在的竞争。

“为而不争”的“不争”，是尽力做到不竞争、不斗争、不战争，不针锋相对地争，不两败俱伤地争，但这并不是消极悲观、无所作为地回避一切竞争。“为而不争”的“不争”，是不和对手争而和自己争，是一种追求卓越的“不争之争”。“为而不争”的“不争”，是不显示自己，因而更显耀；不自以为是，因而更突出；不夸耀自己，因而有功绩；不自以为贤能，因而受到尊重。这种与世无争的人，世上便没有人能和他相争。

当前有一种“为而不争”很值得借鉴，那就是海尔集团首席执行官张瑞敏把自己做大做强的“不争而善胜”。

张瑞敏在企业内部会议上曾讲过一个故事：那是 1965 年上中学的时候，他到中山公园劳动。在喂狼的时候，他扔一根骨头，所有的狼都上来抢；再扔一根骨头，这些狼照样抢这根骨头；哪怕同时扔进去五六根骨头，每一只狼都可以分到一根，可它们还是去抢一根，抢完了之后再抢另一根。他想，如果说加入世贸组织之后是与“狼”共舞，那么中国家电企业怎样才能做一只聪明的“狼”呢？经过多次思考，他为海尔集团制定了这样的策略：不要专注于竞争对手的言行，而专注于用户的需求，想别人没想过的问题，做别人没做过的事情，靠创新来提高企业的核心竞争力，做到“不争而善胜”。结果海尔集团战胜自我，超越自我，越做越大，越做越强，靠不断创新为企业赢得了广阔的市场和丰厚的利润。

当前还有一种“为而不争”也很值得借鉴，那就是童话大王郑渊洁独辟蹊径、跟别人错开的“不争之争”。

郑渊洁每说到自己的成功时，都会提起小时候母亲给他讲了多次的一个童话故事：有一天，动物们正在野外玩耍，长颈鹿突然发现远处有洪水袭来。它急忙通知大家快跑，动物们吓得争先恐后地逃命。一阵狂奔之后，动物们突然被眼前的一条大河拦住了逃生之路。河中水流湍急，掉下去必死无疑。好在河上有两座桥：一座是宽阔的大桥，足足有几个车道宽；一座是狭窄的独木桥，只有一根木头连接到河的对岸。此时只有一只小羊选择了独木桥，因为它知道，独木桥刚好适合自己的体重和个头，如果自己在大桥上挤，很可能被踩踏而死。其他所有的动物，狮子、大象、老虎、水牛等，千军万马般地拥上了大桥，乱作一团。结果很可怕，大桥不堪重负，轰然倒塌，桥上的动物都被洪水冲走了，唯独小羊安全地过了河。他说，母亲的这个故事影响了自己的一生，因为自己从中明白了做事不能随波逐流，只有独辟蹊径，捡拾他人抛弃的或看不见的利益，才能更顺利地走向成功。他深有感触地说：“专注做好一件你最喜欢的事，收获的绝不是一棵树，而是整座森林。”

“为而不争”是一种大智慧，是一种大境界。对于多种多样“为而不争”，老子在《道德经》中有个很精彩的比喻和概括。他说：“上善若水。水善利万物而不争，处众人之所恶，故几于道。居善地，心善渊，与善仁，言善信，政善治，事善能，动善时。夫唯不争，故无尤。”意思是说，最高境界的善行就像水的品性一样。水善于滋润万物而不和万物相争，停留在大家所厌恶的地方，所以最接近于道。居处善于选择地方，心胸善于保持沉静，待人善于真诚相爱，说话善于遵守信用，为政善于精简处理，处事善于发挥所长，行动善于掌握时机。只因为有不争的美德，所以没有怨恨。

点评

英国诗人蓝德有句诗写得好：“我和谁都不争，和谁争我都不屑。”好就好在，它与“为而不争”有异曲同工之妙。

积极思考的力量

那是第二次世界大战时期的一天夜晚，几个疯狂的纳粹士兵闯进了斯坦尼斯拉斯基·勒克的家门，将其全家人押进了克拉克夫城的一个纳粹集中营。

在集中营里，勒克目睹了自己的亲人陆续惨死于纳粹分子的迫害。他心如刀割，却束手无策。他清醒地意识到，自己随时都可能死于苦役、饥饿、疾病和屠杀。于是，他决定逃跑，因为只有逃跑才是活下去的唯一希望。他一次又一次地战胜了"逃跑不能成功就会被枪毙"的恐惧，坚定了必胜的信念。他反反复复地思考一个问题："我怎样才能成功逃跑？"

有一天，勒克在工地上干活的时候看到，离自己几米远的大土坑里堆放着赤裸裸的尸体：有男的，有女的，有老年人，有壮年人，有青年人，还有孩子，像个小山，都是被纳粹分子用毒气熏死的。已经开始腐烂的尸体，散发出令人呕吐的恶臭。他没有去想"上帝怎么能允许发生这么可怕的事情"，而是全神贯注地思考："我如何利用眼下的条件逃生？"

太阳落山时，纳粹士兵开始驱赶工地的俘虏返回营房。勒克趁人不注意，迅速脱光了衣服，一头扎在了死尸堆里，装成了死人。非常幸运，他的行动没有被纳粹士兵发现。他把头埋在死尸堆里，听到了俘虏们在看押下逐渐远去的步伐。

突然，勒克听到了向自己驶来的卡车声。卡车越来越近，停在了大坑边。纳粹士兵把满满一车的尸体倒进了坑里，有几具尸体重重地压在了他的身上。他屏住呼吸，纹丝不动，等待时机。

纳粹卡车卸完尸体后就开走了，暮色慢慢地降临了，勒克感到四周死一样的寂静。他判断，周围已经没有人了，已经没有任何危险了。他轻手轻脚地从死人堆里爬出来，又小心翼翼地爬出了大坑。随后，他不顾恐惧，不顾饥饿，不顾虚弱，不顾一切地跑啊，跑啊……他竟然一丝不挂狂奔了 25 英里。那是远离死神的 25 英里，那是通向自由的 25 英里……

第二次世界大战结束之后，许多人都问过斯坦尼斯拉斯基·勒克一个共同的问题：“在那个有数以万计俘虏的纳粹集中营里，为什么只有你一个人能够成功地死里逃生呢？”

他总是回答说：“原因也许不止一个，但我认为有最重要的一个，就是我给自己出了一个改变命运的问题，并千方百计地寻找答案，也坚信自己一定能够找到答案。‘我怎样才能成功逃跑？’这就是改变我命运的问题。”

点评

积极思考有战胜利剑的力量，有改变命运的力量，甚至有起死回生的力量。

把木梳卖给和尚

有一家效益相当好的大公司,为了进一步扩大经营规模,公司领导决定高薪招聘营销人员。广告一打出来,报名者纷至沓来,其中不乏有文凭、有能力、有人脉和有素质之人。

面对众多的应聘者,大公司招聘工作的负责人说:“相马不如赛马。为了能选出德才兼备的高素质营销人员,我们出了一道实践性的试题:请各位想办法,把木梳尽量多地卖给和尚。”

对于如此招聘,绝大多数应聘者感到困惑不解,甚至感到愤怒:出家人剃度为僧,没有头发,要木梳有何用?这岂不是神经错乱,拿人开涮?没过多久,应聘者接二连三地拂袖而去,几乎散尽。最后只剩下三个应聘者:小伊、小石和小钱。

招聘工作的负责人对剩下的这三个应聘者交代:“以10日为限,届时请各位将销售成果报给我。”

10日期到。

负责人问小伊:“卖出多少?”答:“一把。”“怎么卖的?”小伊讲述了历尽的辛苦,以及受到众和尚责骂与追打的委屈。好在下山途中遇到一个小和尚一边晒着太阳,一边使劲挠着又厚又痒的头皮。小伊灵机一动,赶忙递上了木梳。小和尚用后满心欢喜,于是买下一把。

负责人又问小石:“卖出多少?”答:“10把。”“怎么卖的?”小石说,他去了一座名山古寺。由于山高风大,进香者的头发都被吹乱了。小石找到了寺院的住持说:“蓬头垢面是对佛的不敬。应在每座庙的香案前放把木梳,供善男信女梳理鬓发。”住持采纳了小石的建议。那山共有10座庙,于是就买下10把木梳。

负责人又问小钱:“卖出多少?”答:“1 000把。”负责人惊问:“怎么卖的?”小钱说,他到了一个颇具盛名、香火极旺的深山宝刹,朝圣者如云,施主络绎不绝。小钱对住持说:“凡来进香朝拜者,多有一颗虔诚之心,宝刹应有所回赠,以做纪念，保佑其平安吉祥，鼓励其多做善事。我有一批木梳，您的书法超群。您可在木梳上刻下‘积善梳’三个字，然后便可做赠品。”住持大喜，立即买下1 000把木梳，并请小钱小住几天，共同出席了首次赠送“积善梳”的仪式。得到“积善梳”的施主与香客，很是高兴，一传十，十传百，朝圣者更多，香火也更旺。这还不算完，好戏跟在后头。住持希望小钱再多卖一些不同档次的木梳，以便分层次地赠给各种类型的施主与香客。

就这样，小钱在看来没有木梳市场的地方开创出了很有潜力的市场。

点评

如果说文凭是铜牌，能力是银牌，人脉是金牌，那素质就是王牌。在从根本上说，一个人命运，主要是由其综合素质决定的。谁要想让命运好些，好些，再好些，谁就要下苦功夫把自身的德才素质提得高些，高些，再高些。

此文被选入人教版的教师教学用书，被长江文艺出版社选入《百年百篇经典微型小说》(1901—2000)。

发现财富的眼光

狄奥力·菲勒出生在一个贫民窟里，和很多出生在贫民窟的孩子一样，争强好斗，也喜欢逃学。

但与众不同的是，菲勒从小就有一种发现财富的非凡眼光。他把一辆街上捡来的玩具车修理好，让同学们玩，然后向每人收取半美分。仅仅在一个星期之内，他竟然赚回一辆新的玩具车。

菲勒的老师深感惋惜地对他说："如果你出生在富人的家庭，你会成为一个出色的商人。但是，这对你来说已是不可能的，你能成为街头商贩就不错了。"

菲勒中学毕业后，正如他的老师所说的，真的成了一名小商贩。他卖过电池、小五金、柠檬水等，每一样都经营的得心应手。与贫民窟的同龄人相比，他已经可以说是出人头地了。

但老师的预言并不全对，菲勒靠一堆丝绸起家，从小商贩一跃而成为商人。

那堆丝绸来自日本，数量足足有一吨之多，因为在轮船运输当中遭遇风暴，这些丝绸被染料浸湿了。如何处理这些被浸染的丝绸，成了日本人非常头痛的事情。他们想处理掉，却无人问津；想运出港口，扔进垃圾箱，又怕被环境部门处罚。于是，日本人打算在回程的路上把丝绸抛到大海里。

港口有一个地下酒吧，是菲勒夜晚的乐园，他经常到那里喝酒。那天，菲勒喝醉了。当他步履蹒跚地走到几位日本海员旁边时，海员们正在与酒吧的服务员说那些令人讨厌的丝绸。说者无心，听者有意，他感到机会来了。

第二天，菲勒来到轮船上，用手指着停在港口的一辆卡车对船长说："我可以帮助你们把这些没用的丝绸处理掉。"结果，他不花任何代价便拥有了这些被染料浸过的丝绸。

然后，他用这些丝绸制成迷彩服装、迷彩领带和迷彩帽子。几乎在一夜之间，他用这些被染料浸过的丝绸，使自己拥有了10万美元的财富。

从此，菲勒不再是小商贩，而成为一个名副其实的商人。

有一天，菲勒在郊外看上了一块地。他找到地皮的主人，说他愿花 10 万美元买下来。地皮的主人拿到 10 万美元后，心里嘲笑他真愚蠢：“这样偏僻的地段，只有傻子才会出这么高的价钱！”

令人料想不到的是，一年后，市政府宣布：在郊外建造环城公路。不久，菲勒的地皮升值了 150 倍。城里的一位地产富豪找到他，愿意出 2 000 万美元购买他的地皮，富豪想在这里建造一个别墅群。但是，菲勒没有出卖他的地皮，笑着告诉富豪：“我还想等等，因为我觉得这块地应该增值得更多。”

果然不出所料，三年后，菲勒把这块地卖到 2 500 万美元。从此，他成了新贵，可以像上层人物一样地出入高贵的场所。

他的同行们很想知道他当初是如何获得这些信息的，甚至怀疑他和市政府的高级官员有来往。但结果令他们很失望，菲勒没有任何一位在市政府任职的朋友。

菲勒活了 77 岁，临死前，他让秘书在报纸上发布了一个消息，说他即将去天堂，愿意给逝去亲人的人带口信，每人收费 100 美元。这一看似荒唐的消息，引起了无数人的好奇心，结果他赚了 10 万美元。如果他能在病床上多坚持几天，可能赚得还会更多些。

他的遗嘱也十分特别，他让秘书再登一则广告，说他是一位礼貌的绅士，愿意和一个有教养的女士同卧一个墓穴。结果，一位贵妇人愿意出资 5 万美元和他一起长眠。每年去世的人难以计数，但能像菲勒这样具有如此执着的商业精神的人又有几个？

点评

菲勒的发迹和致富，在许多人的眼中一直是个谜。解铃还得系铃人。他那别具匠心的碑文，也许概括了他不断在平凡中发现奇迹的传奇一生，也许能帮助不少人解开他的发迹和致富之谜：

“我们身边并不缺少财富，而是缺少发现财富的眼光。”

在平凡中发现非凡

美国第16任总统林肯，是一位接受新事物能力很强的智者。

有一天，林肯独自一人来到华盛顿的大街上，身后只有几个便装的卫兵在不远的地方保护着他。那时还没有电视等媒体的传播，他只要稍加改装，就不会被人认出来。忽然，他发现在一家名为《智慧》的杂志社门前围了一大群人，于是也好奇地凑了上去。结果发现，在华丽的墙壁上竟钻了一个小洞，洞旁写着醒目的几个大字："不许向里看！"但好奇心还是驱使人们争先恐后地向里观望，林肯也顺着小洞向里看，原来里面是用五彩缤纷的霓虹灯组成的一本《智慧》杂志的广告。

林肯总统觉得这家杂志的广告很有创意，就吩咐秘书为自己订了一份。果然，《智慧》杂志不论内容、编排、版式装帧、封面设计，还是印刷质量，都称得上一流，颇受林肯的青睐。

林肯处理完一天的公务，拿起一份新到的《智慧》杂志翻阅起来，翻着翻着突然发现这份杂志的中间几页没有裁开。林肯很是扫兴，顺手将杂志放到一边。

晚上，林肯躺在床上突然想起这本杂志的事情：这既然是一册风靡世界的杂志，在管理方面应该是十分严格的，按常理是决不会出现这种连页的现象。他由此联想到杂志社在墙壁小洞上做广告的事，难道这里面又有什么新花样？

他翻身下床，找到这本杂志，小心翼翼地用小刀裁开了它的连页，发现连页中的一节内容竟被纸糊住了。

林肯想，被糊住的地方大概是印错了。但印错的内容又是什么呢？好奇心驱使林肯又用小刀一点点地撬起了糊纸，下面竟写着这样几行字：

> 恭贺您，您用您的好奇心和接受新事物的能力获得了本刊1万美元的奖金，请将杂志退还本刊，我们负责调换并给您寄去奖金。
>
> 《智慧》编辑部

林肯对编辑部这种启发读者智慧和好奇心的做法极其欣赏，便提笔写了一封信。

不久，林肯总统便接到新调换的杂志和编辑部的一封回信：

总统先生，在我们这次故意印错的300本杂志中，只有8个人从中获得了奖金，绝大多数人都采取了寄回杂志社重新调换刊物的做法，看来您的确是真正的智者。根据您来信的建议，我们决定将杂志改名。

这本杂志，就是至今风靡世界的《读者文萃》。

在故意印错的300本杂志中，机遇就摆在300人的面前，但绝大多数人熟视无睹，只有8个人抓住了机遇，还不到总数的2.8%。

点评

大地回春向万物发出了请柬，但并不是每一粒种子都能发芽；机遇在人群中穿行，但并不是每一个人都去奋力捕捉。机遇的确有好有坏，但与其抱怨没有机遇，倒不如锤炼发现机遇的眼光。变革年代是一个机遇特别多的年代，也是特别需要发现机遇眼光的年代。

把专利卖给布什

2004 年 11 月初，美国大选总算是尘埃落定了。出乎众人的意料，中国女留学生黄娅，成了这次大选中的一位引人注目的新闻人物，因为她在这次大选中巧妙地赚了 270 多万美元。《华盛顿邮报》以《巧借大选大赚钞票》为题，热情洋溢地报道了她在商海中的才华与智慧。

2002 年夏天，22 岁的黄娅从武汉大学毕业，到美国佛罗里达州的大学攻读工商管理硕士。

黄娅是个要强和自立的女孩，一贯主张靠自己赚钱来解决所有的开销。2004 年春节过后，她的婚事提到了日程，支出显然将要增加。于是，她聚精会神地捕捉商机。但是由于受时间、资金等因素的限制，有些前景看好的项目却难以操作。

2004 年春季，美国第 55 届总统竞选紧锣密鼓地开始了。共和党候选人布什和民主党候选人克里的竞选班子各为其主，都在绞尽脑汁、千方百计地推波助澜。黄娅知道，历届总统大选，都蕴藏着巨大的商业机会。她相信这次也决不会例外，关键是要从中寻找到耗资小且不耽误太多学习时间的好项目。

4 月中旬的一个周末，黄娅和未婚夫到康斯威尔市度假。在返回途中因为汽车需要加油，便驶进了公路旁边的加油站。

加油员风趣地问："你是要'布什'给你加油，还是要'克里'给你加油？"

随着加油员的手势，黄娅发现，几条加油管的加油嘴分别换成了布什或克里的头部卡通形状，汽油的出口就是他们"张开的嘴巴"。

黄娅立刻就明白了，美国总统候选人的竞选班子为了拉选票，想尽一切办法讨好、笼络选民，各种办法几乎无所不用，连加油站也没有放过。就这样，公路沿线便出现了一道风景："布什"和"克里"同时在加油站"金口大开"向选民吐"油水"。

受此启发，黄娅产生了一个灵感：生产、销售印刷有布什、克里头部图案和姓名的太阳帽、小旗子，也一定深受广大选民欢迎。

回到学校，黄娅找来布什和克里的影像资料，和未婚夫一起分别设计出他们的头部卡通形象，图案下方是他们的名字。黄娅设计的帽子以美国国旗为背景，上面有一个象征胜利的V形手势和一句广告语："我要当美国总统！"根据布什和克里不同的性格和竞选纲领，她别出心裁地在V形手势上做了各具特色的设计：布什的V形手势是用导弹和大炮的变形图案组成的，寓意他积极反恐、强硬外交的铁腕政策；克里的V形手势是用橄榄枝组成，寓意他和平外交、重视福利的温和政策。

简洁大方的设计，既突出了两位候选人的性格特点、政策取向，又突出了他们志在必得的信心，就连周围的选民也普遍认可。所有这一切，无疑为产品畅销奠定了坚实的基础。

精明的黄娅为这些产品申请了专利，并且在这些产品上留下了自己的联系电话。

专利批下来后，黄娅联系了一家工厂生产这些产品，又联系社区选举组织和商场，委托他们出售给选民。产品投放市场后十分畅销，很快就卖出了20多万顶帽子、几十万支小旗子。黄娅和未婚夫初战告捷，赚了一笔大钱。

他们的产品虽然销路不错，但经销网络比较单一，范围也有局限。怎样才能进一步占领市场呢？黄娅想：如果能够借助候选人组织的力量，产品辐射范围将大得多。她知道自己的导师珍妮在美国很有名望，经常接触政界人士。如果能够得到导师珍妮的支持，销路一定会好得多。

于是，黄娅鼓起勇气去找到导师珍妮，请求帮助自己开拓市场。珍妮是民主党成员，非常希望克里能够当选，便将黄娅的想法转达给克里的竞选班子，结果是一拍即合。克里竞选班子立刻表示：只要黄娅不生产、不销售带有布什标志的产品，只生产克里的，他们愿意为黄娅补贴50%的生产费用，并且通过他们的渠道将这些产品销售到美国各地，而产品销售的利润完全归黄娅。这简直是天上掉馅饼，黄娅欣然同意了。

黄娅的产品迅速进入了美国的千家万户，那些带着克里标志的美国人参加各种活动的形象,频频出现在电视、报纸上,“克里”活跃在美国各地。与此同时,美元也源源不断地流进了黄娅的腰包。

异常活跃的“克里”,引起了布什竞选班子的关注和警惕。他们研究认为,黄娅的设计独特新颖,把握了竞选的政策核心,获得了选民的广泛认同。6 月下旬的一天,喜从天降,布什竞选班子的人找到黄娅,情愿出 85 万美元买断她设计的带有布什标志的产品专利。

克里的竞选班子以前只是要求黄娅不生产、不销售“布什”,并没有规定黄娅不能转让“布什”。因此,黄娅转让“布什”并不违背和克里竞选班子签订的协议。赚钱的机会又送上门来了,她当然不愿意放过。

黄娅得到了导师珍妮的支持之后,合法地将“布什”专利转让给布什的竞选班子,又轻而易举地得到了 85 万美元……

同学们纷纷向黄娅祝贺,戏称她“大发选举财”“赚美国总统的钞票”“是把专利卖给布什的人”。

点评

生命就是思想,思想就是力量。人类最伟大的武器就是思想。把思想专注在某一项事业上,就一定会做出连自己都感到吃惊和意外的成绩。

让难题开出智慧之花

让·巴蒂斯特·伊萨贝是法国杰出的画家。他画的肖像栩栩如生,细致入微,近乎完美。《拿破仑在马尔宫》是他的代表作,至今仍是人物画的范本。

1815年,伊萨贝应邀前往维也纳,为在那里集会的欧洲各国使节画一幅集体肖像。

法国外交官塔列朗私下找到伊萨贝,要求把自己安排在肖像画的中央:“一定要把我画在正中间最醒目的位置上,否则就不要画我。”塔列朗是这次集会里举足轻重的人物,伊萨贝只好答应了。

第二天,集会的核心人物惠灵顿公爵也找上门来,对伊萨贝说:“请把我安排在画中最重要、最显赫的位置上。如果你不答应,我就退出群像画。”伊萨贝也不便怠慢,只好答应一定照办。

天底下没有不透风的墙,这件事很快就被周围的人知道了。大家都说,伊萨贝胡乱许诺,简直是昏了头,在这两个人中,他至少要得罪一个人。

伊萨贝本人却毫不慌张,一副若无其事悠然自得的样子,总是笑着说他自有安排。因为他是先给每个成员单独画像,然后再组合成群像,所以在画完成之前,人们都不知道他葫芦里卖的是什么药。一时间,肖像画成了维也纳人议论和猜测的一个中心。

完工那天,画室里来了很多人,有被画的人,有来欣赏的人,也有看热闹不怕乱子大的人。人到齐了,伊萨贝胸有成竹地走到肖像画前,自信地揭下了遮在画上的白布。人们的目光同时聚焦在画上,房间里一片寂静,只有钟表嘀嗒作响。突然,塔列朗和惠灵顿公爵同时哈哈大笑起来。大家这才缓过神来,掌声和赞叹声不绝于耳。

原来在这幅画中,外交官塔列朗坐在会议大厅正中央的一把椅子上,其他人站在他周围,而惠灵顿公爵正昂首阔步地走进大厅,画像中所有人的目光都转向公爵,脸上露出钦佩与羡慕的神情……

中国有一位剧场经理,也曾遇到过类似伊萨贝所遇到的难题。

这位剧场经理同时请三个著名演员到剧场同台演出,但没想到,他们都提出一个同样的要求,即在海报上把自己的名字排在最前面,否则,就退出演出。这显然是个令人头疼的难题。

剧场经理想,三位名演员同台献艺的消息早已传出,不可能改为个人专场演出,何况这三位名演员都是走红明星,得罪哪一个都对剧场经营不利。不过,剧场经理略加思索之后,还是满口答应了他们每一个人的要求。

到了演出那天,三位演员到剧场一看,海报没有像以往那样挂在墙上,而是一个不停转动的大灯笼。三位演员的名字都写在灯笼上,三个名字转圈地出现,谁都不能说自己的名字被排在了后面,谁都可以说自己的名字排在前面。于是,三位演员皆大欢喜地参加了演出。

点评

在这个世界上,不仅是有困难就有办法,而且是办法总比困难多。困难的难度越大,解决困难的办法就显得越精彩。只要勤于思考,善于思考,就可以让难题开出美丽的智慧之花。

蝴蝶和马嘉鱼

一只外面的蝴蝶从窗户飞进来，在房间里一圈又一圈地飞舞，很有些惊慌失措。显然，它迷路了，左冲右突努力了好多次，都没有飞出房子。

这只蝴蝶之所以无法从原路飞出去，原因是它总在房间顶部的空间寻找出路，总不肯往低处飞，那低一点的位置就是敞开着的窗户。甚至有好几次，它都飞到高于窗户顶部至多两三寸的位置了，可就是不肯再飞低一点！

最终，这只不肯低飞一点的蝴蝶耗尽了气力，气息奄奄地落在桌子上，就像一片毫无生气的叶子。

成群结队的马嘉鱼要比那只蝴蝶更死板，简直是一条道跑到黑。

马嘉鱼很漂亮，银肤燕尾大眼睛，平时生活在深海中，春夏之交溯流产卵，随着海潮浮到浅海水面。

渔人捕捉马嘉鱼的方法挺简单：用一张十寸见方、孔目粗疏的竹帘，下端系上铁坠，放入水中，由两只小艇拖着，拦截鱼群。

马嘉鱼的“个性”很强，不爱转弯，即使闯入罗网之中也不会停止。所以一只只前赴后继陷入竹帘孔中，帘孔随之紧缩。孔愈紧，马嘉鱼愈激怒，瞪起明眸，张开脊鳍，更加拼命往前冲，结果被牢牢卡死，为渔人所获。

点评

常有人一方面抱怨人生的路越走越窄，看不到成功的希望，另一方面又因循守旧，不思改变，习惯在老路上继续走下去。这是不是有些像那只蝴蝶和马嘉鱼？天生我才必有用，东方不亮西方亮。如果我们调整一下目标，改变一下思路，完全会出现柳暗花明又一村的无限风光。

用智慧为财富开路

美国“旅店大王”康拉德·希尔顿，正在达拉斯建造一座耗资数百万元的新旅店，以实现自己的“以得克萨斯州为基地，每年增加一家旅店”的发展计划。但由于资金短缺，逼得他不得不中途下马。

希尔顿想了一个计策，毅然去找卖给他地皮的达拉斯大商人杜德，并直截了当地告诉杜德：“旅店工程因缺乏资金，已经被迫停工，无法继续。”

杜德开始不以为然，认为希尔顿没钱盖旅店与自己毫无关系。但想不到希尔顿接着说：“杜德先生，我来找你是想告诉你，旅店停工对我的确不是什么好事，但你的损失会比我更大。”

“我不明白你在说什么？”杜德被希尔顿的话惊呆了，连忙追问道。

希尔顿向他解释其中的道理：“如果我向公众透露，旅店停工是因为我想换一个地方盖旅店，那么旅店周围的地价必然暴跌。这样的情况显然对你更加不利，你看是不是这样呢？”

杜德想了想，觉得事实确实如此。于是，共同的利益使杜德不得不同意希尔顿提出的要求：由杜德出钱将那家旅店盖好，然后交给希尔顿，待赚了钱后再分期偿还给杜德。

结果，由商人杜德出钱盖成的达拉斯希尔顿大旅店终于如期建成营业，使希尔顿的“旅店王国”又向前迈进了一大步。

一损俱损，一荣俱荣，生意场上存在着大量诸如此类的“共生”“双赢”关系，运用得好，就能用别人的力量帮助自己度过难关。

如果说用智慧开创出“双赢”的局面是值得称道的事情，那么用智慧开创出“只赢不输”的局面就更是难能可贵的事情了。

1992年，第25届奥运会在西班牙巴塞罗那举行。该市一家电器商店老板，在奥运会召开前向巴塞罗那全体市民宣称：“如果西班牙运动员在本届奥运会上得到的金牌总数超过 10 枚,那么顾客自 6 月 3 日到 7 月 24 日,凡在本店购买的一切电器,就都可以得到退还的全额货款。”

这个消息轰动了巴塞罗那全市,甚至西班牙各地都知道了这件事。显而易见,大家此时在这家电器商店买电器,就等于抓住了一次可能得到全额退款的机会,于是,人们争先恐后地到那里购买电器。一时间,顾客云集,虽然店里的电器价格较贵,但商店的销售量还是大幅度地猛增。老板当然乐不可支。

然而出人意料的事情发生了,才到 7 月 4 日,西班牙的运动员就获得了 10 金 1 银,正好超过了该商店老板承诺的退款底线。此时距 7 月 24 日还有 20 天的时间。如果以前购买电器的退款已成定局,那么在后 20 天内购买的电器无疑也得退款,于是人们比以前更加卖力地抢购电器。

据估计,电器商店的退款将达到 100 万美元,看来老板是非破产不可了!当人们纷纷询问什么时候履行诺言时,老板却从容不迫、出人意料地说:“从 9 月份开始兑现退款。”

“这是为什么?他能退得起吗?”人们的心里难免有类似的疑问。

原来,老板早做了巧妙的安排。在发布广告之前,他先去保险公司投了专项保险。保险公司的体育专家,仔细分析了西班牙可能得到的奖牌数,一致认为不可能超过 10 枚金牌。因为往届奥运会,西班牙得到的奖牌数最多也没超过 5 枚金牌,于是保险公司接受了这个保险。

可对于电器商店的老板来说,却得到一个旱涝保收、只赚不赔的保险。如果西班牙运动员在本届奥运会上得到的金牌总数不超过 10 枚,那么电器商店显然发了一笔大财,保险公司也无须赔偿,结局是双赢。反之,如果西班牙运动员在本届奥运会上得到的金牌总数超过了 10 枚,那么顾客自 6 月 3 日到 7 月 24 日,凡在店里购买的一切电器,都可以得到退还的货款,但是电器商店要退的 100 万美元,届时将全部由保险公司赔偿,而与电器商店毫无关系,那么电器商店无疑发了更大的一笔财。不管得到多少块金牌,电器商店的老板都是只有赚钱,没有赔钱。

点评

最能干的人，并不是等待机会的人，而是善于攫取机会、运用机会、征服机会、驾驭机会为自己服务的人。

一条消息的问世

1984 年 2 月 9 日,苏联领导人尤里 · 安德罗波夫逝世。这无疑是个令世人震惊的事情,但更加令各国特别是苏联震惊的是:首先将这条重要消息公布于天下的并不是苏联的新闻单位,而是美国《华盛顿邮报》驻莫斯科的首席记者杜德尔。

这岂不是让苏联太丢面子? 这岂不是成了滑天下之大稽的咄咄怪事?

于是,苏联和许多大国的情报组织纷纷猜测:如此重要的情报,很可能是杜德尔用重金收买苏方高级官员搞到的。毫无疑问,苏联以及任何国家,都决不会允许在自己的核心机关内部藏匿着定时炸弹。苏联决心不惜任何代价,非将此事查个水落石出不可。杜德尔却不慌不忙,胸有成竹。

调查的结果完全出乎苏联当局和许多大国情报组织的意料:杜德尔并没有采用任何手段,并没有得到任何苏方高级官员的任何情报,这条重要消息只是他正确分析判断的结果。其主要根据如下:

1. 安德罗波夫已经有 173 天没有在公开场合露面,近几天还不时传出他身体状况不佳的消息。

2. 当天晚间的电视节目,不加说明地将原来的瑞典"阿巴"流行音乐换成了严肃的古典音乐。

3. 苏共新上任的高级官员耶戈尔 · 利加乔夫向全国发表第一次电视讲话时,破天荒地省略了苏联高级官员在电视讲话时必须转达安德罗波夫问候的程序。

4. 当他驱车通过苏联参谋部大楼和国防部大楼时发现,不仅几百扇窗户与平日不同,都亮着灯光,而且大楼附近还增加了卫兵和巡逻队。

5. 一位知道苏联高级官员活动内情的朋友,没有如期与他通电话。

杜德尔把这些迹象联系起来分析,认为这同 1982 年 11 月 10 日勃列日涅夫逝世时的情景有许多惊人的相似之处。因此,他得出了大胆的令人震惊的准确判断:安德罗波夫已于1984年2月9日逝世。

美国《华盛顿邮报》首先报道安德罗波夫逝世消息的真相大白于天下之后,杜德尔的名声大振,成为舆论界一颗更加耀眼的明星。其中有位评论员对此事发表了评论,其中有这样的话:

“不会思索的人是白痴,不愿思索的人是懒汉,不敢思索的人是奴才。只有敢于和善于思索的人,才能在平凡中发现非凡。”

点评

多思有如神助。只有敢于和善于思索的人,才是出类拔萃的人。

用思路疏通道路

在美国,足协体育场为了满足大批球迷看足球的强烈要求,开始动工将看台上的 8 万个座位扩容到 12 万个。

这时,政府的治安管理部门发现了问题,通往足协体育场的道路最多只可容纳 8 万人的流量,对 12 万观众来说则远远不够。如果不解决这个问题,就很难避免在大型赛事中因交通堵塞而导致死亡事件的发生。于是,政府的治安管理部门同道路管理部门协商如何解决交通问题。道路管理部门提出,可以把道路加宽,扩大其容量,但政府至少得拿出 4 000 万美元的经费。治安管理部门清楚,这笔经费不算少,政府暂时很难办到。

无奈之下,政府治安管理部门向市民征集建议,寻求一个稳妥的过渡办法,以解决燃眉之急。经过各方面的论证,最后选择了一位音乐家的建议:在足球比赛结束时,增加一些精彩的能吸引人的娱乐演出。比如,用象征性的 1 000 美元请一些乐队来演出,这对乐队来说也是一次向数万观众展示自己实力的难得机会。这样,有些人会陆续离开,有些人会因观看演出而多留一会儿,观众离开足协体育场的时间就不会集中,道路拥挤的问题也就会相应地得到缓解。

同音乐家用 1 000 美元的演出费解决了 4 000 万美元才能解决的交通堵塞问题相似,依德用 10 万美元比较彻底地解决了上亿美元才能解决的交通堵塞问题。

当年美国的金门大桥建好不久,正赶上汽车高速发展的时期,于是大桥上出现了严重的塞车现象。为此当局开始筹资建设第二座金门大桥,并征集方案。

此时一位叫依德的年轻人经过调查后提出建议:将现有的“4 + 4”的 8 车道模式,按不同时段的交通流量调整为“6 + 2”和“2 + 6”的 8 车道模式。因为,上下班的车流在公路两侧的分布并不均匀,其中的一侧路面出现高负荷拥挤,而另一侧路面却利用不充分,所以长期使用的“4 + 4”的 8 车道模式有其明显的不合理性。

当局采纳了依德的建议。结果大桥塞车问题迎刃而解，依德也因此获得10万美元的奖金。因为，他提出的好点子，节省了再建金门二桥所必需的上亿美元的费用。

点评

很多事情都是想法决定活法，思路决定出路。

邮寄砖头

1916年,位于美国犹他州的小镇弗纳尔非常渴望修建一座银行。这座银行将是小镇上的第一家砖砌的银行。镇长买好了地,备好了建筑图纸,万事俱备,只差“砖”还没有着落。

就在一切仿佛进展得都十分顺利的时候,“障碍”出现了:从盐湖城用火车运砖,每磅要2.5美元。这个昂贵的运输价格将断送掉一切,修建银行也就无从谈起。这是一个致命的障碍,将使整个工程化为泡影。

正在束手无策之时,小镇里的一位商人以全新的角度来考虑这个问题。他想出了一个一般人意想不到的主意,而且特别简单——邮寄砖头!

结果是:包裹每磅邮费是1.05美元,比火车便宜了一半多。更为有趣的是,邮寄来的砖和火车运来的砖,用的是同一班列车!就是这么一个货运和邮递之间的价格差异,使修建银行的命运截然不同了。

几周之内,邮寄砖的包裹源源不断地涌入小镇。每个包裹7块砖,刚好可以不超重。这样,弗纳尔镇的居民很骄傲地拥有了他们的第一家银行,一家全部是用邮寄过来的砖盖起来的银行。

这件邮寄砖头的趣事,被西点军校作为案例选入了教材,以此来教育学员,不仅要有达到目的的愿望,还要寻找好的方法,寻找实现目标的最佳途径。这件邮寄砖头的趣事还被西点军校用来诠释一条校训:要保持“头脑简单”,敢于去干所谓“办不到”的事情。

点评

在这个世界上,有很多不可能的事情,实际上是完全可能的。古希腊哲学家塞涅卡说得好:“不是因为这些事情难以做到我们才失去了信心,而是因为我们失去了信心才使这些事情变得难以做到。”

巴尔扎克雕像的手

奥古斯特·罗丹是法国的著名雕塑家。为了创作大作家巴尔扎克的雕像，他倾注了大量的心血，可谓千辛万苦，竭尽全力。

那天已近黎明，罗丹在工作室里终于结束了最后的一刀。他站在雕像四周反复观察，凝神打量：巴尔扎克身着一件宽袖的睡袍，两只手在胸前叠合着……看了一阵子，他喜上心头，不禁自言自语："这很可能是代表自己创作风格的经典之作啊！"

可是罗丹想，自己的看法未必符合实际，因为世界上的艺术家几乎都认为自己的作品是很美的。常言说得好，当局者迷，旁观者清。于是，他决定请自己的学生来看看这件作品，一方面共同分享创作成功的喜悦，另一方面评头论足，挑挑毛病。

虽然已近凌晨4点，但是罗丹还是去叫醒了自己的一个学生前来审视自己的作品。他站在一边，全神贯注地注视着这位学生的反应。

这个学生看后非常惊喜，神采飞扬。罗丹看了那表情，内心里充满了喜悦。后来，学生的目光渐渐地集中到巴尔扎克雕像的那双手上。突然，学生大声说："好啊！好极了！老师，我可从来没有见过这样一双奇妙的手啊！"听了这样的赞美之后，罗丹脸上的笑容一下子消失了，逐渐变得阴沉起来。

随后，罗丹匆匆跑出工作室，又叫来了另一个学生。这个学生的反应与前一个学生几乎一样，眼神盯在巴尔扎克雕像的那双手上说："老师，只有上帝才能创造出这双手，简直像活的一样！"听到这些话，罗丹的神态有点慌乱了。

接下来，罗丹要听听第三个学生的意见。这个学生见到巴尔扎克塑像之后赞叹地说："老师，即使您以后不再创作新的作品了，就凭这双手，也足以使您千古流芳了。"

此时此刻，罗丹坐立不安，那神情简直无法形容。他在工作室里来回地走着。突然，他迅速走到墙角，操起一把大斧，直奔雕像而去。三个学生见此情景，不知老师到底要干什么，顿时吓慌了手脚，紧忙上前拦阻。但是他把三个学生甩在身后，快步走到雕像前，一斧子砍了下去。只见巴尔扎克“那双举世无双的完美之手”，一下子从雕像上断裂下来。

罗丹慢慢地转过身来，对惊呆了的学生说：“傻孩子，这双手太突出了。它们已经有了自己的生命，已经不属于这个雕像的整体了，所以我不能不把它们砍掉。”

罗丹又沉思了片刻，语重心长地对学生叮嘱道：“记着，而且要牢牢地记着：一件真正完美的艺术品，绝不能允许局部干扰全局，喧宾夺主。因为，整体永远比任何一个局部更重要。”

现在，人们看到的巴尔扎克雕像，其双手被睡袍遮盖着，面部神态更加突出，好像独自在月光下行走，思考。

其实，罗丹关于局部服从全局、全局高于局部的全局观，不仅是适用于艺术创作的真理，而且是适用于各行各业的普遍真理。

点评

为了确保全局的最佳效果，即使在局部看来是可行的，而在全局看来是不可行的，也必须放弃；即使在局部看来是不可行的，而在全局看来是可行的，也必须坚持。这种全局观，可以用一句老话来说，那就是：“不谋全局，不足以谋一域；不谋长远，不足以谋一时。”

姆佩姆巴效应

一杯冷水和一杯热水同时放入电冰箱的冷冻室里，哪一杯水先结冰？

很多人都会毫不犹豫地回答："当然是冷水先结冰了！"

非常遗憾，错了。发现这一错误的是一个非洲中学生姆佩姆巴。

1963 年的一天，坦桑尼亚的马干巴中学初三学生姆佩姆巴发现，自己放在电冰箱冷冻室里的热牛奶比其他同学的冷牛奶先结冰。这令他大惑不解，并立刻跑去请教老师。老师则认为，肯定是姆佩姆巴搞错了。姆佩姆巴只好再做一次试验，结果与上次完全相同。

不久，达累斯萨拉姆大学的物理系主任奥斯玻恩博士来到马干巴中学。姆佩姆巴向奥斯玻恩博士提出了自己的疑问，后来奥斯玻恩博士亲自把姆佩姆巴的发现，列为大学二年级学生物理课外研究课题。

随后，许多新闻媒体把这个非洲中学生发现的物理现象，称为"姆佩姆巴效应"。

很多人认为是正确的事情，并不一定真对。像姆佩姆巴碰到的这个似乎是常识性的问题，我们稍不小心，便会像那位老师一样，做出自以为是的错误回答。

点评

疑问是打开知识大门的钥匙。错误是正确的先导。生活的智慧，大概就在于逢事问个为什么？提出了正确的问题，往往等于解决了问题的大半。爱因斯坦曾深有体会地说："我没有什么特殊的才能，不过喜欢寻根刨底地追问罢了。"

思考是勤奋的眼睛

有个年轻的伐木工人，在一家木材厂找到了工作，工作条件挺好，报酬也不低。老板给他一把利斧，并给他划定了伐木范围。他很珍惜，下决心要好好干。

第一天，他砍了 18 棵树。老板高兴地说：“不错，就这么干！”工人很受鼓舞。

第二天，他干的更加起劲，但是只砍了 15 棵树。

第三天，他加倍努力竭尽全力，可是仅砍了 10 棵树。

工人觉得很惭愧，跑到老板那儿道歉，说自己也不知道怎么了，好像力气越来越小了。

老板问他：“你上一次磨斧子是什么时候？”

“磨斧子？”年轻工人悔悟地说：“我天天忙着砍树，竟忘记了抽出时间磨斧子！”

伐木需要磨斧子，工作需要什么呢？

有一天深夜，著名的现代原子物理学的奠基者卢瑟福教授走进自己的实验室，看见一个研究生仍勤奋地在实验台前工作。

卢瑟福关心地问道：“这么晚了，你在做什么？”

研究生答：“我在工作。”

“那你白天做什么了？”

“我也在工作。”

“那么，你整天都在工作吗？”

“是的，导师。”研究生带着谦恭的表情承认了，似乎还期待着卢瑟福的赞许。

卢瑟福稍稍想了一下，然后说道：“你很勤奋，整天都在工作，这自然是很难得的，可我不能不提醒你，你用什么时间来思考呢？”

卢瑟福对勤奋的质疑，使研究生明白了用足够的时间来思考的重要。

有位记者曾问年轻的微软公司总裁比尔·盖茨：“你成为当今全美首富，个人资产高达550亿美元,成功的主要经验是什么?”

比尔·盖茨十分明确地回答说:“一是勤奋工作,二是刻苦思考。”

点评

行成于思毁于随。思考是智慧之花开放的前夜。一次深思熟虑,胜过百次草率行动;一天思考周到,胜过百天徒劳。一个善于思考的人,才是力大无边的人。爱因斯坦说得好:“要善于思考、思考、再思考,我就是靠这个学习方法成为科学家的。”

刻苦思考可以避免勤奋工作的盲目性,勤奋工作离不开刻苦思考。刻苦思考是勤奋工作的眼睛,就像理论是实践的眼睛一样。

真理是怀疑的影子

这是一件真实而又引人深思的小事。

不久前，一位法国教育心理学专家，给法国的小学生和上海的小学生先后出了下面这道完全一样的测试题：

一艘船上有86头牛，34只羊，问：这艘船的船长年纪有多大？

法国小学生的回答情况是：超过90%的同学提出了异议，认为这道测试题根本没办法回答，甚至嘲笑老师的“糊涂”。显而易见，这些学生的回答是对的。

上海小学生的回答情况恰恰相反：有90%的同学认真地做出了答案，86－34＝52岁。只有10%的同学认为此题非常荒谬，无法解答。做出正确回答的同学竟然只有10%！

这位法国教育心理学专家很惊讶，两国的小学生为什么会出现这么大的差别呢？他通过对上海这90%小学生的调查后发现，他们之所以做出错误的答案，是因为他们坚信不疑地认为：“老师平时教育我们，只有对问题做出回答，才可能得分；不做的话，就连一分也得不到。老师出的题总是对的，总是有标准答案的，不可能没办法做，也不可能没有答案。”

法国教育心理学专家在总结这两次实验的时候，引用了下面的几句话：

第一句话是笛卡尔说的：“怀疑就是方法。”

第二句话是法拉第说的：“在学术上不盲从大师，他应当重事不重人，真理应当是他的首要目标。”

第三句话是爱因斯坦说的：“科学发现的过程是一个由好奇、疑虑开始的飞跃。”

点评

怀疑并不是缺点，总是没完没了的怀疑才是缺点。只有敢于怀疑，才能减少盲从。有怀疑的地方才有真理，真理是怀疑的影子。

没有可以嘲笑的提问者

2004 年,有四位诺贝尔奖获得者应邀到北京演讲,开展学术交流活动。每场演讲结束后,他们都会留出 10 分钟的时间,请大家提出各种问题。但他们感到十分意外和难以理解的是,全场 1 000 多人鸦雀无声,竟然没有一个人提出问题。

这使几位演讲者发出了一个共同的感叹:“难道我们的理论就如此完美无缺了吗? 难道连一个问题都提不出来了吗? 如果一点问题都没有,那怎么可能有重大的发现呢? 如果一点问题都没有,那怎么可能有完善和创新呢? 太不可思议了!”

其中的一位演讲者还就地取材,讲了自己在《人民日报》上看到的一条消息,标题是《一个问号价值六十亿》。

大家都知道,有些新车族的很多事故往往是这样造成的:就是在紧急状态下要踩刹车的时候,由于慌张而错踩到油门上。这一踩,势必会事与愿违,造成严重的事故。

一名 17 岁的上海中学生就此事提出了问题:怎样才能排除这种事故呢? 能不能把本想刹车却踩错油门的情况区别开来? 于是,她建议设计一个装置,这个装置能够在很短的时间里判断出误踩的情况。假如司机用很大的力气“砰”地一脚踩下去,错踩到了油门上,油门上的特殊传感器马上可以感应出来,判断出司机的目的是为了踩刹车,进而自动把油门断掉,把刹车启动。因为,踩油门绝不会突然用这么大劲儿。

这个上海中学生提出的建议是可以实现吗? 专家们认为,一切都有可能。只有经过努力,完全可以设计出这种装置。特别令人兴奋的是,这个小小的问题,竟然有将近 60 亿元的市场价值含量。

讲完了《一个问号价值六十亿》的消息后,他说:“在创新的道路上,当我们找不到方法的时候，就要找问题。问题找到了，办法自然就出来了。在创新的道路上，永远没有可以嘲笑的提问者。”

点评

请记住爱因斯坦说过的一句名言：“提出问题比解决问题更重要。”

拒绝,也要让对方感到欢喜

已经85岁的星云大师德高望重,有来自世界各地的出家弟子千余人,有信徒数百万。

20世纪90年代的一天,有个信徒的子弟找到星云大师,请求帮助自己找一份合适的工作,或者推荐到某个单位去任职。

星云大师知道,找工作不是一件容易的事情,加上对求职者的综合素质又不太了解,感到有些为难。但是,基于自己和信徒之间的香火因缘,他还是决定助其一臂之力。于是,他不辞辛苦,打听联络,穿针引线,好不容易为求职者找到了工作。

当星云大师赶忙通知求职者的时候,不料对方却说:“不用了,我已经在别处上班了。”当时他心想:“自己白费力气倒不算什么,只是客观上对用人单位没讲信用,有点对不住人家啊!”

经历了几次类似上面的事情之后,星云大师尽管不忍心对前来求助的求职者轻言拒绝,不愿意断了他们的信心,但还是想出了一个婉转的代替办法。遇到请求帮忙的求职者,他就说:“你先看报纸的寻职专栏,或者我提供一些线索给你,你认为哪个职业和你的能力、兴趣相吻合,就自己打电话过去试一试。”

求职者往往说:“不行啊!他们不认识我,又没有人介绍,不会录用我的。”

星云大师耐心地说:“你可以向用人单位的主管介绍自己的专长,并且说:‘我让你试用两个月,两个月以后,如果你觉得我可以用,再续用;如果你觉得我不适合,我就走。我是来让你试用的。’老板听说你是来让他试用的,他不需要负什么责任,也没有人情负担,就会试用你。如果你能经得起试用,可能就会一帆风顺,前途光明;如果你经不起试用,那就得重新调整自己,重新学习。”

经过星云大师的一番劝说,求职者大多能比较愉快地接受,且能比较顺利地找到工作。

身边了解星云大师的一些人不止一次地说："师父，您天天这么忙，对那些求职者何必如此客气呢，直接拒绝就可以了。"

星云大师总是不厌其烦地解释说："拒绝，只要一句话，是非常简单，但它具有很大的杀伤力。我宁愿自己麻烦一点，也要找寻代替的方式，让对方能够接受，让对方能够成长。数十年来，我发觉教育出问题的地方，往往在于父母师长习惯以拒绝的态度来对待下一代；而人际关系出了问题的人，大都在于他们经常用拒绝的方式来否定别人。"

点评

后来，星云大师多次把上面自己帮助人求职的故事讲给大家，其目的是劝告大家，一定要千方百计地避免拒绝的杀伤力。他说："要给人信心，要给人欢喜，要给人希望，要给人方便，即使不得已要拒绝，也不要轻易地拒绝，而要有代替地拒绝；不要立刻就拒绝，而要能婉转地拒绝；不要无情地拒绝，而要有帮助地拒绝；不要傲慢地拒绝，而要有出路地拒绝。总之，即使拒绝，也要让对方感到欢喜。"

10年日记10年“不”

在伦敦的一家科学档案馆里,陈列着英国物理学家法拉第写了10年的一本日记。这本日记非常奇特。

第一页上写着:“对!必须转磁为电。”

以后,每一天的日记除了写上日期之外,都是写着同样一个词:“No”(不)。从1822年直到1831年,整整10年,每篇日记都如此。

只是在这本日记的最后一页,才改写上了一个新词:“Yes”(是的)。

这是怎么回事?

原来,1820年丹麦物理学家奥斯特发现:金属线通电后可以使附近的磁针转动。这引起法拉第的深思:既然电流能产生磁,那么磁能否产生电流呢?法拉第决心研究磁能否生电的课题,并决心用实验来回答。

10年过去了,经过实验——失败——再试验……法拉第终于成功了。他在历史上第一次用实验证实了磁也可以生电,这就是著名的电磁感应原理。这个著名的原理,导致了发电机的诞生。

法拉第在这本写了长达10年的日记中,真实地记录了他不断失败和最后获得成功的过程。那一天一天所写的“No”,就是一次一次的失败;那最后一天所写的“Yes”,就是试验的最终成功。

法拉第正确对待多次失败的10年日记,表面看起来似乎显得那样的单调和乏味,可是换个角度看失败,给人的启发又是那样的丰富和深刻:

多次的失败并不表明你一无所获,而是表明你得到了宝贵的经验。

多次的失败并不表明你是命里注定的蠢货,而是表明你也许要变换方式另辟蹊径。

多次的失败并不表明你必须放弃,而是表明你还要更加坚持不懈。

多次的失败并不表明你永远无法成功,而是表明你还要花些时间。

多次的失败并不表明你浪费了时间、生命，而是表明你在集中精力攻破具有非凡价值的难关。

多次的失败并不表明你背时背运，而是表明你在尝试和探索中获得快乐。

多次的失败并不表明你不如别人，而是表明你尚有差距。

多次的失败并不表明你是一个盖棺论定的失败者，而是表明你正在用失败铺路、一步一步地接近辉煌的成功。

多次的失败并不表明你是一个屡战屡败、经不起挫折的懦夫，而是表明你是一个屡败屡战、勇往直前的勇士。

法拉第正确对待多次失败的 10 年日记，不是一条道跑到黑、死撞南墙不回头的记录，而是对“失败乃成功之母”这句名言的绝妙诠释。

点评

爱迪生说得好：“失败也是我所需要的，它和成功一样对我有价值。只有在我知道一切做不好的方法以后，我才知道做好一件工作的方法是什么。”只有完全拒绝失败之时，才是彻底失败到来之日。

尽力而为还不够

在美国西雅图的一所著名教堂里,有一位德高望重的牧师——戴尔·泰勒。

有一天,他向教会学校一个班的学生们讲了下面这个故事。

那年冬天,猎人带着猎狗去打猎。猎人一枪击中了一只兔子的后腿,受伤的兔子拼命地逃生,猎狗在其后穷追不舍。可是追了一阵子,兔子跑得越来越远了。猎狗知道实在是追不上了,只好悻悻地回到猎人身边。猎人气急败坏地说:“你真没用,连一只受伤的兔子都追不到!”

猎狗听了很不服气地辩解道:“我已经尽力而为了呀!”

再说兔子带着枪伤成功地逃生回家了,兄弟们都围过来惊讶地问它:“那只猎狗很凶呀,你又带了伤,是怎么甩掉它的呢?”

兔子说:“它是尽力而为,我是竭尽全力呀!它没追上我,最多挨一顿骂,而我若不竭尽全力地跑,可就没命了呀!”

泰勒牧师讲完故事之后,又向全班郑重其事地承诺:谁要是能背出《圣经·马太福音》中第五章到第七章的全部内容,他就邀请谁去西雅图的“太空针”高塔餐厅参加免费聚餐会。

《圣经·马太福音》中第五章到第七章的全部内容有几万字,而且不押韵,要背诵其全文无疑有相当大的难度。尽管参加免费聚餐会是许多学生梦寐以求的事情,但是几乎所有的人都浅尝辄止,望而却步了。

几天后,班中一个11岁的男孩,胸有成竹地站在泰勒牧师的面前,按要求从头到尾地背诵下来。他背得那么好,竟然一字不漏,没出一点差错。他的背诵听起来那么美妙,简直就是声情并茂的朗诵。

泰勒牧师比别人更清楚,就是在成年的信徒中,能背诵这些篇幅的人也是罕见的,何况是一个孩子。泰勒牧师在赞叹男孩那惊人记忆力的同时,不禁好奇地问:“这么长的文字,你是怎样背下来的?”

这个男孩不假思索地回答道:“我竭尽全力。”

16 年后,这个男孩成了世界著名软件公司的老板。他就是比尔 · 盖茨。

点评

每个人都有极大的潜能。正如心理学家所指出的,一般人的潜能只开发了 2% ~8% ,像爱因斯坦那样伟大的大科学家,也只开发了 12% 左右。一个人如果开发了 50% 的潜能,就可以背诵 400 本教科书,可以学完十几所大学的课程,还可以掌握二十来种不同国家的语言。这就是说,我们有 90% 的潜能还处于沉睡状态。谁要想出类拔萃、创造奇迹,仅仅做到尽力而为还是远远不够的,特别是在关键时刻,还必须竭尽全力。